Mary

Dominique Lanni

Mary

Roman

ARTHAUD

87, quai Panhard-et-Levassor
75647 Paris Cedex 13

ISBN : 978-2-0802-5613-3

« Tiens, un nègre. »

WILLIAM FAULKNER, *L'Intrus*,
traduction de René-Noël Raimbault.

« Pourquoi ce tumulte parmi les nations, Ces vaines pensées parmi les peuples ? Pourquoi les rois de la terre se soulèvent-ils Et les princes se liguent-ils avec eux Contre l'Éternel et contre son oint ? – Brisons leurs liens, Délivrons-nous de leurs chaînes ! »

Psaumes, 2 : 1-3

« *Ever'body's heard'bout Murderous Mary,*
The elephant hung in the town a' Erwin.
Tried elsewhere for killin' her circus trainer,
Ole Mary was shore foun' guilty as sin. »

V. DAWN BURRELL,
« Hangin' the elephant ».

« Dans ce cas, tiens-toi à ta place, nègre. J'pourrais te faire pendre à une branche d'arbre si facilement que ça ne serait même pas rigolo. »

JOHN STEINBECK,
Des souris et des hommes, traduction
de Maurice-Edgar Coindreau.

L'exécution de « Mary la meurtrière ».

I

Histoire de Walter Eldridge dit « Red » et de sa famille

Red – Walter Eldridge pour l'état civil – était un *Homo ruralis*, un Mississippien, un homme du Sud, pour sûr, un vrai de vrai. Comme son père et son grand-père avant lui, il avait vu le jour à Oxford, dans le comté de Lafayette, au septentrion du Mississippi, pays giboyeux, infesté de ratons laveurs, de visons, de castors, de rats musqués et d'opossums. Il se disait le dernier et unique descendant pur de la race des Eldridge sur toute la surface du globe.

Jadis, les Eldridge possédaient un domaine. Un gigantesque, magnifique et somptueux domaine qui portait le pompeux nom de *Glorious Days*. Qui l'avait ainsi baptisé ? Ceux qui l'avaient su avaient disparu depuis bien longtemps. Le domaine avait été fondé sur des terres noires et grasses sur lesquelles vivaient et chassaient autrefois des Indiens, les Chickasaws, avant leur déportation dans les contrées de l'Oklahoma. Le fondateur était de ceux qui avaient débarrassé le pays de la « vermine rouge ». Il aimait se targuer de n'avoir pas une goutte de sang indien. À l'instar de nombre de ses pairs, à défaut d'en avoir dans les veines, il en avait sur les mains. Il rêvait que son nom et son sang se transmettent intacts d'une génération à la suivante.

C'était Wallace Eldridge, le bisaïeul de Red, qui avait métamorphosé la plantation riche de dons et de promesses reçue en héritage en un florissant et gigantesque domaine, le plus vaste du pays, avec une majestueuse demeure blanche à colonnades et balcons en fer forgé du temps des origines, des portiques, des fontaines, des huttes pour les métayers, des écuries, des étables, des hangars à coton, un champ de courses, un jardin édénique planté de chèvrefeuille, de calycanthes, de canneliers, de glycines, de magnolias, de cornouillers, de clématites et d'hortensias, le plus délicieux et paisible des sanctuaires sous la lune rose. Sous ses ordres s'exécutaient des commandeurs, des esclaves vigoureux et obéissants, des servantes quarteronnes taciturnes et dociles à souhait en nombre, des chevaux des meilleures races, ainsi que de véloces et féroces chiens à esclaves. Le shérif, le juge et le maire étaient à sa botte. Il régnait sur les bêtes, sur les hommes, sur la terre du comté de Lafayette, ce qui était à dire, sur toute la Terre.

De son union bénie avec Martha Caruthers, que la nature avait flanquée d'une saillante paire d'incisives de rongeur, avaient vu le jour quatre enfants, quatre fils : Byron, Bayard, Boyd et William dit Billy. Ce dernier, né infirme, ne pouvait ni tenir sur ses jambes ni tenir un fusil ; et c'était pourquoi, bien qu'il fût le plus intelligent de la fratrie et de très loin, il passait aux yeux de presque tous à Oxford – y compris aux yeux du sénile Ezechiel Barnes, dont on disait qu'il avait une araignée au plafond – pour l'idiot de la famille. Cloué dans un fauteuil en bois à roulettes, sous une épaisse couverture en laine à carreaux, il lui était revenue la lourde tâche de veiller sur le domaine quand la guerre civile avait éclaté, alors que son père et ses frères avaient été parmi les premiers à se ranger sous l'étendard confédéré pour affronter ces « cochons puants » de Yankees.

La façon dont ils avaient vaillamment combattu sous les ordres du général Thomas Jonathan Jackson, dit « Stonewall » Jackson et étaient tombés avec les honneurs sur le champ de bataille à Chancellorsville était devenue légendaire. De mauvaises langues, des langues trempées dans le fiel, prétendaient que leur conduite n'avait pas été héroïque. Mais comme ils y avaient tous laissé la vie, comme ils étaient morts, tous morts, le domaine lui avait légitimement échu.

Après cette guerre entre frères que le Sud avait livrée avec courage et détermination, avec foi et ferveur, mais perdue, comme si la malédiction s'était abattue sur toutes les filles et tous les fils du Sud, tout était allé à vau-l'eau. La famille avait été ruinée. Le domaine menaçait d'être perdu. William avait bien tenté de le sauver du désastre et de l'anéantissement, grâce à un mariage de raison tardif avec une fille brave, une jument au regard vide, qui répondait au prénom de Minnie, que l'infortune avait accablée d'un lourd bégaiement depuis l'enfance. Inutile baroud d'honneur : le domaine avait été perdu. À la gloire, aux fastes, à l'opulence succédèrent le déshonneur, l'humiliation, la déchéance. William Eldridge fut réduit à exercer – un grand mot au regard de son état – un emploi, celui de métayer, sur le domaine qui avait été la propriété de sa famille durant des générations et qui ne lui appartenait plus. Lui, métayer du domaine sur lequel sa race avait régné en maîtresse absolue depuis les origines, et condamné à vivre dans la misérable cahute trapue ouverte aux vents et aux pluies qu'occupait jadis un commandeur !

De cette union, et fort tard, était né un enfant, un seul, un fils, en pleine santé. Cette naissance fut regardée comme un miracle. Un véritable miracle tant la rumeur et les commérages couraient bon train sur la virilité de l'infirme et qu'on avait craint que l'enfant naquît demi-idiot. De tous les membres de la famille, Walter Eldridge fut étrangement le seul à naître avec des cheveux rouges ; non pas roux comme ceux des Écossais, mais bien rouges, pareils à un feu de brousse, et sa peau avait aussi une coloration peu commune pour les gens du Sud. Minnie évoqua une lointaine ascendance galloise. « Sa-sa-sa-vi-vi-ez-v-vous-vous-vous-que-que-mes-mes-an-an-an-cê-tres-tres-é-é-é-taient-ga-gaga-gal-lois ? » ressassait-elle à l'envi. Mais à Oxford et dans le comté de Lafayette, on était plus enclin à parier sur le fruit de quelque innommable péché. Certes, il n'avait pas de sang noir. Mais du sang d'un autre qu'un Eldridge, la chose était probable, disons, possible. Il y avait eu au moins un précédent dans la lignée des Eldridge. Une faute. L'enfant, le nez droit, les lèvres fines, le teint très clair, était longtemps passé pour blanc aux yeux de ceux qui ne savaient pas. Un frère et une sœur avaient aussi convolé en justes noces.

Bien que baptisé Walter, il fut tout naturellement surnommé Red. Par des garnements des domaines voisins à l'école, par sa famille, par ses amis, par tous. Le surnom lui resta. Comme sa tignasse rouge. Et c'était sous ce seul nom qu'on le connaissait et qu'on le désignait quand on l'apercevait sur les routes, dans les champs ou dans les fossés.

II

De ce qui mena Red à Saint Paul et de ce qu'il y fit

Red n'avait pas été élevé dans la haine des nègres, qu'il côtoyait au quotidien. Il s'exprimait d'ailleurs un peu à leur façon, d'une voix traînante, en s'appesantissant sur les mots, en avalant les consonnes, disant « Ma'ame » au lieu de « Madame », « M'sieur » au lieu de « Monsieur », riant parfois comme eux, bien qu'on lui eût sèchement intimé de ne pas le faire. Son enfance s'écoula paisiblement. Il pêcha, tendit des pièges pour les daims et les rats musqués. Parfois, avec les hommes, il partait à l'affût.

Il s'instruisit au rythme des sermons dominicaux du révérend Terreblanche, un méthodiste originaire de l'Union sud-africaine, qui avait officié des lustres durant dans ce qui avait été jadis l'État libre d'Orange. Il l'avait quitté pour rejoindre la communauté des Basters de Rehoboth dans le Sud-Ouest africain voisin, colonie de l'Empire allemand, du moins le murmurait-on. Là, des rapprochements inappropriés avec une des négresses de la communauté, dont les traits et la pâleur étaient tels qu'elle pouvait passer aux yeux d'individus non avertis pour une blanche – une blanche ! – furent cause de sa disgrâce et de son départ pour les États-Unis d'Amérique, où le Sud lui parut être la terre idoine pour poursuivre son évangélisation du globe.

Des Écritures, l'homme possédait une connaissance profonde, secrète, presque intime. De sa voix qui intriguait, qui captivait, qui terrorisait les esprits simples, tourmentés, il plongeait dans la profondeur virtuelle des âmes, sondait les cœurs, examinait les passions et les disséquait ainsi que s'il se fut agi d'insectes. Bien qu'il ne doutât pas un instant que tout fût sorti des mains du Créateur, piqué de sciences de la nature, il divisait les populations du globe en animaux supérieurs, catégorie dans laquelle entrait la race blanche – de ses meilleurs représentants aux spécimens les plus dégénérés –, et en animaux inférieurs – catégorie dans laquelle il reléguait les autres races, toutes les autres races, les mammifères, les reptiles, les insectes, et les nègres, au même titre que les cirons, les poux et les tiques.

Son existence durant, mettant à profit le temps qu'il ne consacrait pas aux Écritures, il avait étudié et comparé avec méticulosité les caractéristiques physiques des animaux inférieurs ainsi que leurs prédispositions intellectuelles et morales s'il y avait lieu, suivant un classement très savant qu'il tenait avec fierté pour hautement plus sophistiqué que celui élaboré par Linnæus ou Linné et prétendait être parvenu à des conclusions très sûres. Les animaux inférieurs cumulaient tous les vices : l'indécence, la vulgarité, l'obscénité, la retorserie et d'autres encore. Il soutenait que le pire de tous était la malice. La malice ! « Éternel ! tempêtait-il, conduis-moi dans ta justice, à cause de mes ennemis, Aplanis ta voie sous mes pas. Car il n'y a point de sincérité dans leur bouche : Leur cœur est rempli de malice, Leur gosier est un sépulcre ouvert, Et ils ont sur la langue des paroles flatteuses » (*Psaumes*, 5 : 8-10).

Si le révérend Terreblanche concédait que la Création avait été « menée avec prudence, scrupule et logique », il tenait le résultat pour décevant. Dieu avait raté ce monde, était allé d'échec en échec, comme s'il n'avait su comment franchir une nouvelle étape pour accomplir avec succès son plan général. En sus – ce qui n'avait rien à voir et ne le concernait en rien puisque ce n'était ni son sol qui avait été souillé, ni sa race qui avait été outragée, ni son sang, le sang des siens, qui avait été versé –, il avait approuvé la débâcle du Sud, il avait permis que le Sud fût vaincu et humilié, ravagé et ruiné.

Tout jeune homme, Red ne s'était pas encombré de complication sentimentale. On ne lui avait connu qu'une liaison, et sans lendemain. Après s'être improvisé métayer, charpentier, forgeron, tonnelier, loueur de chevaux, maréchal-ferrant, il s'était fait vendeur de sodas, puis ouvrier dans une usine de jambes en bois ajustables à l'aide de bretelles en caoutchouc. Un jour d'étouffante chaleur et d'épuisement, sa main droite fut broyée par une machine. Il fallut trois ouvriers pour le secourir et empêcher qu'il perdît son bras. Davantage que sa main atrophiée, la colère, qui sourdait du plus profond de ses entrailles, allant et venant ainsi que les flux et reflux de la marée, fut cause de sa déchéance. Alcool, cartes, il eût dilapidé jusqu'aux trente deniers de Judas si le Nazaréen les lui avait confiés.

Red se fit une telle réputation à Oxford et dans les environs qu'il fut vite connu comme le loup blanc et que l'on ne voulut plus l'embaucher dans le comté même de Lafayette. Pour se donner du courage, il se remémora et voulut faire siennes les paroles du révérend Terreblanche : « Car le pauvre n'est pas oublié jusqu'à la fin. L'espoir des malheureux ne périt pas à jamais » (Psaumes, 9 : 18). Hélas, partout où il allait, et partout où ses mauvais penchants finissaient par prendre le dessus sur sa volonté et sur son âme égarée, on le chassait en le traitant de misérable, de bon à rien ou d'idiot.

Sans fuir la compagnie des hommes, Red s'en tint à distance. Il erra dans tout le Mississippi, louant selon les saisons ses bras – son unique bras valide – comme garçon de ferme contre le gîte et le couvert. Toutefois, il ne restait jamais longtemps au même endroit. Il jugeait qu'on le traitait mal, qu'on lui parlait, qu'on lui donnait des ordres comme à un gueux, pis, comme à un nègre, à lui, dont les générations d'ancêtres avaient autrefois fait travailler sous la caresse du fouet des centaines, des milliers d'esclaves, sains, puissants, aux muscles saillants, originaires des grands royaumes de la côte des nègres, quand les Eldridge possédaient le plus florissant domaine du comté de Lafayette, quand on se pressait de tous les domaines de tous les comtés voisins à leurs somptueuses fêtes. Les hommes avec leurs chapeaux en moelle de sureau, les femmes dans leurs robes de satin achetées dans des boutiques à la dernière mode de Memphis, La Nouvelle-Orléans ou Savannah, les jeunes filles avec des toilettes qui rehaussaient leur teint éclatant de blancheur.

Une fois, mais une seule, il eut la charge de la surveillance des nègres qui recueillaient le coton. Du haut de sa monture, il avait retrouvé de sa superbe, commandant aux nègres et se faisant obéir des négresses qui lui rapportaient sa gourde emplie d'eau fraîche pour qu'il se désaltérât sous le soleil rougeoyant. Comme ailleurs, cela ne dura pas. S'étant enivré plus que de raison et ayant corrigé sans motif réel un négrillon, on l'avait renvoyé de la paisible plantation afin qu'il n'y introduisît pas le chaos.

Depuis qu'il avait entrepris son errance sur les chemins et les routes, Red s'était mis à maudire les animaux supérieurs, mais plus encore à exécrer les animaux inférieurs, les bêtes, les Indiens et les nègres – qui, quoi que s'évertuaient à soutenir ces cochons d'abolitionnistes et les membres des ligues pour l'avancement des droits des hommes de couleur, ramassis de philanthropes et de suffragettes, évoluaient quelque part entre l'homme et le singe, au-dessus du singe certes, mais bien en deçà de l'homme. Parce que l'on ne voulait plus avoir commerce avec lui et s'attacher ses services dans les comtés voisins de Panola, Yalobusha, Calhoun, Pontotoc et même dans le comté d'Union où l'on se souvenait pourtant encore plus qu'ailleurs du nom des Eldridge, pour la somme des bienfaits dont pouvaient leur être grandement redevables les notables et les administrés. Le cœur au ventre mais d'humeur sombre, lorsqu'il n'était pas sous l'effet des vapeurs de l'alcool, peu loquace et pas liant pour un *cent*, il devint chemineau, vagabond, larron, rejoignit le peuple des humbles.

Il partit, définitivement, quitta Oxford, le comté de Lafayette, le Mississippi pour le Tennessee et Memphis, une ville que la modernité avait conquise sans la déflorer, où il se trouva bien car les gens avaient conservé les manières d'antan, comme au temps jadis, quand la vie roulait. De là, il était passé dans le Kentucky, le pays du « pâturin des prés » où il vécut un temps en oisif, puis il fila en Virginie, la mère patrie de tous les gens du Sud.

Red était mince, sec comme un coup de trique, aussi frêle qu'une brindille, et de plus en plus laid, et on lui donnait cinquante ans passés bien qu'il n'en eût que trente-huit. Les adversités, les excès, les coups du sort et quelques rixes l'avaient atrocement vieilli. Une tête de mule, une satanée tête de mule, la lèvre retroussée par l'orgueil de sa race, avec des yeux bovins, des yeux de fou. À force d'arpenter les routes, de courir les chemins, de battre la poussière sous un soleil de feu, sa peau avait bruni et elle était devenue dure et sèche comme du cuir.

Quelques effets jetés dans une besace en peau épuisée composaient tout ce qu'il possédait. Cela faisait longtemps qu'il n'avait pas arboré de beaux habits tout neufs. Il portait des pantalons noués avec une ficelle, une chemise qui avait jadis été blanche, et par-dessus une veste de l'armée confédérée.

C'était la veste que portait son bisaïeul Wallace Eldridge pendant la guerre civile. C'était dans cette veste qu'il avait trouvé la mort à la bataille de Chancelorsville. Parce qu'il ne voulait pas qu'il fût dit que les cochons de nordistes lui avaient tout pris, tout ce pour quoi son père, et le père de son père avant lui, et tous les autres encore avant eux avaient sué sang et eau, Red ne s'était jamais séparé de cette veste. Et s'il avait perdu un jour au jeu une paire de bottes, il se serait engagé dans un duel à mort pour ne pas avoir à miser cette veste.

C'était paré de cette relique élimée et trouée que, moribond magnifique, il avait fait son entrée dans l'indifférence générale à Saint Paul, petite ville minière de la Clinch River Valley, qui avait poussé, un peu comme tant d'autres, par miracle en ces parages. Là, en attendant mieux et à force d'insistance, il avait déniché un emploi d'homme à tout faire au Riverside Hotel, un établissement malpropre, le seul où le tenancier ne s'était pas montré trop regardant eu égard à son état.

D'abord, Red fut content, heureux même, d'avoir déniché cette place. La paie n'était pas considérable, mais il était logé, nourri, blanchi, et cela tombait à point ; ses vêtements en avaient rudement besoin. Mr. Rodgers lui faisait tout faire, et Red faisait tout. Réparer le portail de l'arrière-cour, démonter, nettoyer et graisser les serrures, vernir les huisseries, repeindre la palissade, poncer les jalousies, reclouer les plinthes… L'hôtel étant vétuste, c'était là son quotidien. Les pensionnaires étaient des voyageurs de commerce qui ne restaient qu'une nuit. Au début, cela alla bien. Mais plus le temps passait, plus Mr. Rodgers avançait l'heure du lever pour qu'il se mît plus tôt au travail, exigeant qu'il en fît plus, plus vite, mieux. Il comptait et recomptait tout, les outils, les boulons, les rivets, afin de vérifier que Red ne lui en avait pas chipé un. Il passait en revue son travail. Il lui laissait de moins en moins le temps de manger, le pressant pour qu'il reprenne le travail, lui trouvant encore de quoi faire après le souper jusque tard. Alors Red s'effondrait, éreinté, sur sa couche. Il prenait sur lui mais en lui, au plus profond de lui, il bouillonnait et il fulminait.

D'autant que Mr. Rodgers ne perdait pas une occasion de lui rappeler que si c'était pour fainéanter, il pouvait tout aussi bien engager un nègre, et à moindre coût ! Red maugréait ; il n'avait qu'à engager un nègre si ça lui chantait… Dénicher cette place avait été providentiel. Toutefois, il écoutait les conversations, espérant entendre parler d'une autre place, ailleurs. Il ne ferait pas de vieux os dans cet hôtel.

C'était la fin de l'été 1916, la guerre faisait rage en Europe. De jeunes Américains partiraient bientôt, du Nord, du Sud, de la côte ouest, de la Nouvelle-Angleterre, pour le front, pour libérer un sol qui n'était pas le leur, dans un conflit qui ne les concernait pas, mais pour lequel il avait été décidé en haut lieu qu'ils devraient sacrifier leur vie. Red errait dans les rues après son service du matin, lorsque son attention fut attirée par une affiche colorée, qui sentait la colle qu'on venait de badigeonner. C'était une affiche du Sparks

World Famous Shows Circus. Elle annonçait un spectacle *moral, entertaining and instructive… twenty five years of honest dealing with the public* « éthique, divertissant et instructif… vingt-cinq ans d'honnêtes relations avec le public ». C'était une affiche colorée avec un majestueux éléphant aux belles défenses luisantes, à l'œil noir, qui semblait prendre vie comme pour surgir du papier. *Mary, the largest living land animal on Earth. The show that never broke a promise !* « Mary, l'animal le plus gigantesque de la Terre. Le spectacle qui n'a jamais déçu son public ! » Un cirque. Tout un programme…

Après être demeuré un long moment à fixer l'affichette, Red sut ce qu'il lui restait à faire. Il sut au plus profond de lui-même qu'il allait de nouveau commander, que les Eldridge allaient de nouveau régner sur les bêtes, sur les hommes et sur la Terre.

III

Le Sparks World Famous Shows Circus

De nombreux cirques itinérants sur rails, de taille fort modeste pour la plupart, constitués de quatre ou cinq wagons et d'une locomotive fatiguée, reliquat brinquebalant et assourdissant des premières machines de l'histoire du rail, charriant une petite ménagerie, des clowns ventripotents, des danseuses étoiles ridées et une unique bête de foire qui faisait leur renommée, sillonnaient le pays ; ils constituaient la misérable et éphémère distraction des bourgades isolées. Qui rêvait de merveilles, de fantasmagorie, de bêtes exotiques et de monstres, devait vivre ou se rendre dans une grande ville, ou à tout le moins dans une ville de la taille de Louisville ou de Little Rock, ce qui signifiait parfois parcourir plusieurs dizaines de miles. Et cela, les gens ne pouvaient se le permettre. Dans le Sud moins qu'ailleurs où, hormis pour les grandes familles qui régnaient sur les gigantesques domaines, l'existence était dure, rude, laborieuse, et où chaque cent comptait.

En étendant ses plus infimes vaisseaux partout, le chemin de fer brisait les solitudes des hommes, désenclavait les fermes perdues, reliant les plaines sauvages, les déserts nus, les montagnes rocheuses et les prairies infinies aux villes modernes et industrialisées dont les artères ne s'étendaient pas jusque-là. Le Sparks World Famous Shows Circus était l'un de ces cirques sur rails, et l'un des plus renommés de tous les États-Unis d'Amérique, de l'Oregon au Maine, de l'Arizona aux Caroline. Il n'était pas un État dans lequel il ne s'était produit ; tous les États, jusqu'aux plus désolés, l'avaient accueilli.

Il ne comptait que quinze wagons, d'anciens wagons de marchandises, des plateformes pour acheminer les camions, les remorques, les cages des animaux et les roulottes des clowns, de Fanny la voltigeuse, des jongleurs Tweedledum et Tweedledee, de Manolo l'équilibriste, l'ancienne loge de Stepanov, un fameux lanceur de couteaux et avaleur de sabres balkan. Les soigneurs et les employés de l'Est, que l'on surnommait les Tchécos, dormaient pêle-mêle, dans le confort le plus rudimentaire, dans un ancien wagon à bestiaux qu'on avait fini par leur aménager.

À la même époque, le John Robinson's Circus pouvait s'enorgueillir d'en compter quarante-deux. Quarante-deux ! De loin, une chenille resplendissante de couleurs vives. Toutefois, le John Robinson's Circus demeurait loin derrière l'intouchable, le phénoménal, le féerique Barnum & Bailey Circus qui en comptait quatre-vingt-quatre et qui, lorsque le chapiteau était monté, bourdonnait à la façon d'une ruche. Peu d'attractions sortaient des grandes villes. Nul artiste soucieux de sa réputation ne souhaitait se produire dans les régions de grande solitude, les petites villes sommeillantes, et moins encore dans les patelins sinistres des comtés reculés des États du Sud profond. Mais un cirque, c'était quelque chose, surtout un cirque comme celui de Charlie Sparks !

Celui qui ne s'appelait pas encore Charlie Sparks mais Charles Taylor avait vu le jour en Nouvelle-Angleterre. Sa famille, originaire d'une localité des environs d'Augusta, descendait des deux côtés en droite ligne des Pilgrim Fathers embarqués à bord du *Mayflower* : les premiers *vrais* Américains ! Elle n'avait jamais possédé de domaine ou de plantation de quoi que ce soit. Mais l'enfant était né sous une bonne étoile.

Sa mère et son père étaient des artistes de music-hall. À l'âge de huit ans, « Charlie » montait déjà sur scène, battant le tambour aux côtés de Jack Harvey, fameux pour son visage tout couvert de cirage noir, ses yeux en boules de loto et ses *cake-walk* endiablés, sous le sobriquet de « Chocolat ». Sa mère, femme aimante mais fragile, étant tombée gravement malade, et son père, dévasté de voir son épouse dépérir et ayant sombré dans la mélancolie, n'ayant plus la force de pourvoir à son éducation, Charles fut adopté par John H. Wiseman, un comédien assez renommé qui changea sans le lui demander son nom pour un nom davantage dans l'esprit de l'univers du cirque, et ce fut ainsi que Charles Taylor devint Charlie Sparks. Quelques années plus tard, en 1890, mettant en commun leurs cachets, John H. Wiseman, Sandy Allen son épouse et

Charlie Sparks fondèrent leur propre cirque, un cirque itinérant sur rails, le Sparks and Allen Wagon Show, qu'ils rebaptisèrent quelque temps plus tard le John H. Sparks Virginia Shows.

Ils avaient commencé avec rien pour ainsi dire : un camion vétuste, une misérable roulotte au bois verni tout écaillé, un wagon rongé de rouille, deux plateformes gondolées, une méchante toile de tente en guise de chapiteau, le tout racheté une bouchée de pain à un cirque dont les vedettes étaient une cohorte d'unijambistes funambules, une femme à barbe, un homme tronc – aussi homme-obus, qui avait fait faillite, en montant d'abord des spectacles de poneys sauvages. Dieu seul sait comment, Titus, un lion, avait rejoint leur ménagerie. Un lion étique et sans âge, dont la crinière n'était plus qu'une masse informe et clairsemée, dont les yeux chassieux étaient sans cesse assaillis de grosses mouches noires, au corps couvert de squames et de croûtes, dont les rugissements étaient pareils aux feulements d'un gros matou, et qui s'épuisait à agiter ce qui lui restait de queue pour repousser les attaques en piqué des taons. C'était un vieux lion que l'on aurait dû laisser mourir, et puis jeter sa carcasse et sa peau rongée de vers dans un trou. Mais un vieux lion souffreteux et mourant, dans des bourgades où nul n'en avait jamais vu hormis dans des livres d'images, cela restait un lion, dans toute sa puissance, dans tout son pouvoir, dans toute sa gloire. John H. Wiseman avait eu le nez creux ; ce lion leur rapporta une petite fortune.

Après avoir sillonné à peu près tous les comtés de tous les États du Sud, le vieux lion maigre et triste avait fini par mourir. Entre-temps, John H. Wiseman avait fait l'acquisition auprès de marchands de retour de Chine, des Indes et d'Afrique, de spécimens de singes : un orang-outan à la mine sévère, un babouin hargneux et plein de malice, des magots, des chimpanzés acrobates et, pour couronner le tout, un affreux mandrill plus effrayant qu'un sauvage de Mélanésie. Il avait aussi fait l'acquisition d'autres plateformes, camions, cages et roulottes en bon état ; les carrosseries avaient été peintes en jaune et bleu flamboyant, avec écrit dessus, en lettres majuscules blanches cerclées de rouge : « John H. Sparks Virginia Shows ». John H. Wiseman, Sandy Allen et Charlie Sparks rêvaient d'être à la tête du plus grand cirque de tout le pays. Ce n'était pas le plus grand. Mais dans tout le Sud, c'était assurément le plus grand que nul n'avait jamais vu. En plus des poneys sauvages aux larges pâturons, dont les mèches tombaient devant les yeux, et des singes dont les impayables tours faisaient rire le public aux larmes, John H. Wiseman s'offrit, à la mort du vieux lion Titus, une femelle éléphanteau haute de cinq pieds nommée Mary, facétieuse, dégourdie et d'une drôlerie sans pareille. Avec son corps tout en rondeur, ses joues potelées, ses prunelles pétillantes, sa trompe agile, ses oreilles qui battaient la mesure à chaque air endiablé, Mary était irrésistible… les bambins se pressaient pour l'enserrer tout contre eux. Une fois de plus, son instinct de directeur de cirque éclairé n'avait pas trompé John H. Wiseman. En un rien de temps, Mary conquit les foules bien au-delà de ses espérances. Longtemps il s'enorgueillit de ce que des villes s'arrachaient la venue du « John H. Sparks Virginia Shows ».

En 1901, quand Charlie eut atteint l'âge de vingt-cinq ans, John H. Wiseman, las de sillonner le pays et souhaitant se reposer le reste de son âge, acquit une pension hôtelière près de Western Salem, en Caroline du Nord, au bord d'un lac aux eaux poissonneuses dans le voisinage duquel, plein de nostalgie, il fit aménager un zoo. Quelques flamants roses déplumés, un hibou grand-duc borgne, de gras cochons de Patagonie… composaient sa ménagerie. Son unique animal exotique était un kangourou nain que nul ne vit jamais faire un bond. C'était un zoo de poche pour égayer ses vieux jours. Hélas, John H. Wiseman ne jouit guère de son havre de paix. Mordu par un lionceau, il contracta une infection. Deux années plus tard, il succomba.

Le réseau ferroviaire s'était étendu de façon spectaculaire ; il desservait les hameaux, coins, trous les plus reculés, les plus sauvages, les plus isolés du pays. Désormais seul à la tête de l'affaire familiale, directeur de cirque avisé, Charlie Sparks avait compris qu'il devait se garder des grandes villes et jeter son dévolu sur les bourgades et les villes-champignons que les cirques plus importants dédaignaient, s'il entendait survivre. Son cirque, dont la ménagerie se composait à la mort de John H. Wiseman de poneys sauvages, d'une kyrielle de singes hystériques et de la délicieuse éléphante prénommée Mary, s'agrandit, fut encore rebaptisé et devint le Sparks World Famous Shows Circus, nom sous lequel il allait désormais être connu et acclamé. Au commencement de l'été 1916, le cirque comptait quinze wagons, des employés originaires des quatre coins de l'Amérique, d'Europe de l'Est, des Indes, et d'îles du Pacifique aux noms enchanteurs, dont les corps étaient tout entiers couverts de tatouages. Plusieurs clowns s'y produisaient, dont les illustres Flipp, Boon et Lycurgus, la voltigeuse Lola qui avait succédé à Fanny, Silas, l'homme le plus fort du monde, qui soulevait des haltères avec ses mains, ses pieds et même ses dents, ainsi que des girafes, des singes, un couple de lions et cinq éléphants parmi lesquels se trouvait la plus ancienne pensionnaire du cirque : Mary, qui avait bien grandi.

À l'inverse du cirque Barnum, le Sparks World Famous Shows Circus n'avait jamais présenté de « monstres » de la nature – femme à barbe, femme la plus grosse du monde, femme-singe, homme-squelette, siamois, loup-garou… Charlie Sparks s'y était toujours opposé, bien que plus d'un se fût présenté dans l'espoir d'être engagé. Il détestait les cirques qui présentaient de tels phénomènes. Il pensait que ceux-ci étaient bons pour les foires et les baraques de fêtes foraines. Le cirque méritait bien mieux.

Après que le convoi avait fait son entrée en gare, que les camions, roulottes et cages avaient été déchargés et attachés les uns aux autres, la caravane partait s'établir sur un terrain suffisamment étendu pour accueillir le chapiteau, la ménagerie, les véhicules et tous les gens du cirque.

On entendait la caravane arriver de loin. Des coups de klaxon à n'en plus finir précédaient un épais nuage de poussière qui empêchait de voir et qui, balayé par les vents chauds, laissait enfin apparaître les peintures colorées rutilantes des carrosseries des camions, des roulottes et des cages d'où surgissaient par instants des cris de singes, des hurlements, des rugissements, des barrissements, tout un formidable et assourdissant tintamarre, comme si la savane, se répandant partout, et la jungle, étendant ses lianes, avaient soudain envahi le comté. Puis, ceux qui travaillaient aux champs, ceux qui marchaient sur les bords des routes, tous ceux qui avaient entendu rugir les avertisseurs sonores, découvraient les camions, les roulottes, avec les cous élancés et tachetés des girafes, les faces hirsutes des singes et les têtes massives des éléphants derrière les fenêtres à barreaux.

Les enfants, attirés par ce charivari comme des mouches par un pot à lait, couraient comme des fous en criant, dansant, chantant, hurlant à hue et à dia, virevoltant au-devant de la caravane, ouvrant la route jusqu'à un grand terrain un peu à l'écart de la ville pour que le chapiteau pût y être dressé. Il y avait longtemps que Charlie Sparks s'était débarrassé de la première tente, celle des premiers spectacles, du temps du vieux lion étique couvert de croûtes.

Pendant que l'on dressait le chapiteau, que l'on déchargeait les caisses de matériel, le nain Isidore, soufflant dans sa trompette et battant la mesure, les clowns Boon et Lycurgus, le premier juché sur Mary, le second menant la girafe Daisy par le licol, un autre encore, l'élégant Flipp au teint de lune et tout de blanc vêtu, tenant deux singes par la main, suivi de Raimondo Raimondi le prestigieux dresseur de lions, ouvraient la grande parade, annonçant les représentations à venir, entraînant la foule à leur suite dans une joyeuse, bruyante et infernale sarabande. À moins d'un mile de là les attendait leur part de bonheur. Après tout, ce pays n'avait-il pas été fondé sur le « droit inaliénable de l'homme à la vie, à la liberté et à la recherche du bonheur » ? Or ce dernier était là, tout près, à portée de main.

Dans une roulotte peinturlurée aux couleurs criardes, de pimpantes ouvreuses vendaient les billets. Une pancarte annonçait les tarifs. Il en coûtait cinquante cents pour visiter la ménagerie, un dollar et cinquante cents pour assister au spectacle, deux dollars pour visiter la ménagerie et assister au spectacle. Qui souhaitait assister à la représentation en seigneur depuis les places d'honneur devait en revanche débourser trois dollars, ce qui, en ce comté que la sécheresse avait frappé durement, occasionnant de maigres récoltes, n'était pas rien. Une chose était certaine, le bonheur n'était pas gratuit ; à coups de bâton, les palefreniers chassaient le long des palissades les garnements et saute-ruisseau qui cherchaient à s'introduire dans l'enceinte du cirque pour voir les bêtes sans payer.

L'été 1916 fut sans doute l'un des plus torrides, des plus ardents, des plus abrutissants étés que connut, de mémoire d'ancien, le pays, le Sud en particulier, et il se prolongea bien au-delà du mois d'août, s'étirant de tout son long ainsi qu'un matou s'éveillant au sortir d'une savoureuse sieste. Après avoir donné des représentations dans tout le Kentucky, à Mayfield, Madisonville, Hopkinsville, Elizabethtown, Glasgow, Somerset, Paris, London, Harfan, entre autres délicieuses bourgades, début septembre, le Sparks World Famous Shows Circus se produisit à Jenkins, sous un soleil de feu. Le 9 septembre, il planta son chapiteau à Saint Paul, dans le comté de Russell, en Virginie, où deux jours plus tôt, des affichettes avaient été placardées partout.

La parade défila, allumant des myriades d'étoiles dans les yeux des habitants, de tous ceux qui désiraient ardemment et au plus profond d'eux répondre à l'appel du rêve. Ce fut ce même jour qu'à la suite d'une vive querelle, l'une de ces querelles qui pousse à se fâcher sérieusement, Louis Reed, un soigneur en charge des éléphants, qui avait rejoint le Sparks World Famous Shows Circus quelques semaines plus tôt, donna son congé sans plus d'explications.

IV

Dans les coulisses de la ménagerie

Le jour suivant, 10 septembre, profitant de ce que l'inusable Mr. Rodgers avait quitté la pension pour la journée afin de régler une affaire de famille dans une bourgade voisine, et parce qu'il n'avait jamais vu de cirque, Red déboursa deux dollars pour visiter la ménagerie et assister au spectacle de l'après-midi. Ce n'était pas qu'il n'avait rien à faire ; le chicaneur tenancier l'avait chargé de moult corvées pour qu'il ne fainéante pas. Mais pour une fois qu'il avait le champ libre, Red se dit qu'il mettrait les bouchées doubles à son retour.

Ce furent les girafes, avec leur peau toute tachetée, qui lui apparurent en premier. Bêtes paisibles et dociles, elles avaient été parquées dans un enclos. À cause de leur cou démesuré, Red se tordit dans tous les sens pour voir à quoi ressemblait leur étrange tête perchée à seize, dix-sept pieds du sol. C'étaient vraiment des bêtes pour la galerie, pour faire briller les yeux de ceux qui en avaient entendu parler, qui avaient vu à quoi elles ressemblaient dans les livres, mais qui n'en avaient jamais vu en vrai. Elles n'étaient point farouches. Il suffisait de leur tendre des touffes d'herbe pour qu'elles s'arquent et se laissent tapoter le sommet du crâne.

Dans une cage derrière l'enclos des girafes était un couple de lions. Couché sur le flanc, étendu de tout son long, César, les yeux mi-clos et la crinière ébouriffée, découvrait ses crocs en bâillant. Excitée par les hurlements des garnements, nantie de l'orgueil de sa race, Cléopâtre, le fond de l'œil rouge, tournait en rond. C'étaient de sacrées bêtes, dont chacune devait peser trois cents livres pour le moins ! Red demeura un long moment à les contempler.

Dans la cage suivante, d'où se dégageait une odeur puissante et infâme, hurlaient les singes. La baraque en était remplie. Red les considéra avec mépris. L'un d'entre eux, un orang-outan au poil roux, presque rouge, la peau toute plissée, les bras ballants, avec un regard idiot, déchaînait les jacassements et cris furieux des vauriens, face auxquels, las, il demeurait impassible, stoïque, songeur. Accroché aux barreaux, un petit tamarin lion à tête dorée s'était attiré la considération des rieurs en chipant au vol la nourriture qu'on lançait à son voisin, un autre tamarin qui, furieux de voir sa pitance lui être subtilisée par plus malin que lui, bondissait partout en s'arrachant des touffes de poils, sous les yeux d'un magot amorphe que les chaleurs avaient abruti. Ne sachant décider qui des rieurs ou des macaques faisait le plus de tapage, Red se lassa vite de ce charivari. Par-delà les rires imbéciles et le bruit assourdissant, la vérité était qu'au plus profond de tout son être, il abhorrait les singes.

Cela remontait à son enfance. Il y avait jadis à Oxford un mendiant connu de tous qui errait avec un singe sur l'épaule. Un babouin au cul couvert de croûtes. Pour une raison inconnue, le misérable s'était mis en tête de lui apprendre à parler. Il l'avait d'abord nommé Abe pour railler Lincoln, et avait tenté de lui faire entrer dans le crâne les noms des héroïques généraux tombés pour le Sud, des couplets de chanson à boire, des fragments de sermons presbytériens. En vain… ce bougre de singe, qu'il avait dégoté Dieu sait où, ne retint rien de tout cela. Aussi le couche-dehors se ravisa-t-il et résolut-il de ne lui enseigner qu'une chose et une seule, le premier des dix commandements : « Je suis l'Éternel, ton Dieu, qui t'ai fait sortir du pays d'Égypte, de la maison de servitude ! » Aussi avait-il nommé ce singe de rien, ce babouin qui avait le cul à l'air, Moïse. Et quand il voulait divertir la compagnie, espérant qu'il réciterait le premier des commandements, il clamait, d'une voix qui provenait du plus profond de son corps, l'index tout tremblant : « Descends, Moïse ! Descends ! » Et Moïse descendait de son épaule comme Moïse, l'autre, était descendu de la montagne, mais jamais il ne parvint à réciter quoi que ce soit ni à prononcer le plus traître mot. Red avait fini par détester Moïse, par le haïr, à cause de ce petit air supérieur et de ses yeux jaunes qui lui fichaient la frousse. Depuis, il s'était mis à détester tous les singes. Ces macaques-là ne l'effrayaient pas ; ils criaient seulement comme des idiots.

Juste à côté de la baraque des singes se trouvait l'enclos dédié aux bêtes que Red était venu voir tout exprès, aux bêtes pour lesquelles il avait sacrifié une assiette de haricots au lard, pour lesquelles il avait payé son billet d'entrée deux dollars. Cinq éléphants, ou plutôt un couple d'éléphantes, deux éléphanteaux déjà massifs pour leur jeune âge, avec de courtes oreilles, sans défenses, et une trompe qui époussetait le sol tandis qu'ils se dandinaient pour ramasser les pommes qu'une dame missionnaire à la mine toute réjouie leur jetait, mais surtout, la princesse, le diamant, l'étoile, celle que le Sparks World Famous Shows Circus présentait comme le plus grand animal vivant sur Terre : la splendide Mary. C'était une géante à la peau rugueuse et craquelée, à la bouche délicate, aux oreilles fines, à la trompe agile et aux petits yeux noirs et vifs.

Ce fut ce qui surprit d'abord Red : la taille de leurs yeux. C'était la toute première fois qu'il voyait des éléphants en vrai, de près qui plus est, et il ne lui était jamais venu à l'idée que leurs yeux pouvaient être aussi minuscules et d'un noir aussi luisant et aussi profond et, à vrai dire, il n'avait jamais songé à rien d'autre qu'à la force, à la puissance, à la majesté qui se dégageait de ces bêtes gigantesques.

Son billet fermement serré dans la main, Red rejoignit la foule des spectateurs qui l'entraîna sous le chapiteau bicolore où, sur les gradins en bois, il prit place entre deux vieilles pies. Charlie Sparks, en Monsieur Loyal, vint saluer et annoncer le programme : girafes, voltige, singes, lions, clowns, éléphants… un moment de féerie coupé du temps. « Que le spectacle commence ! », tempêta-t-il. À peine eut-il disparu derrière les tentures écarlates que les deux girafes firent leur entrée au petit trot, tournant le long de la piste, de leurs amples foulées. Lorsqu'elles eurent accompli quelques tours, dans un sens puis dans l'autre, aux ordres de leur soigneur, elles s'approchèrent du public, tendirent leur cou en direction d'enfants. Après quoi elles effectuèrent encore quelques tours et laissèrent la place aux clowns et aux singes, dont l'entrée déclencha un tumulte de tous les diables. Pour que les cris des spectateurs ne les rendissent pas fous, ce n'étaient pas les mêmes singes à chaque spectacle. Red fut bien heureux quand ils disparurent de la scène avec ces satanés clowns qu'il ne portait guère plus en son cœur.

Les grilles furent installées. Le dresseur Raimondo Raimondi pénétra dans l'arène avec ses lions. Le claquement du fouet, l'obéissance des fauves au doigt et à l'œil noir du dompteur éblouirent Red, le fascinèrent, le subjuguèrent. Leurs bonds gigantesques, leur passage au travers de cerceaux en flammes, tout ceci porta la foule au délire, mais la tête du dompteur dans la gueule béante de César fut le clou du spectacle. Ce lion aurait pu croquer l'offrande d'un claquement de mâchoires ! Il n'en fit rien et demeura même un assez long temps la gueule ouverte. Ce fut sous des tonnerres d'applaudissements que César, Cléopâtre et leur téméraire dompteur quittèrent l'arène.

Red en eut le souffle coupé. Il était encore sous le coup de cette émotion lorsque le clown Flipp vint se produire, tenant par la main un autre macaque. Le tour, stupide, s'éternisa. Red fut soulagé quand il cessa et qu'enfin les éléphants, coiffés de leurs magnifiques diadèmes, Mary en tête, firent leur entrée en scène. Avant ce jour, jamais Red n'avait songé que des bêtes aussi massives pouvaient s'asseoir sur un tabouret, former une pyramide, jouer de la flûte, au base-ball même ! Et si on le lui avait dit, il ne l'aurait jamais cru. Les éléphants furent un enchantement, et ce fut le délire lorsqu'ils saluèrent et que tous ceux qui avaient participé au spectacle les rejoignirent pour le salut final.

Après que la représentation se fut achevée avec le tour de piste des clowns, des acrobates et des animaux de la ménagerie sous les vivats et cris déchaînés, Red retourna auprès des bêtes. Celles-ci avaient été reconduites dans leurs cages et enclos pour y demeurer jusqu'à la représentation du soir, car le Sparks World Famous Shows Circus donnait toujours deux représentations, la première en tout début d'après-midi et la seconde en soirée. Entre-temps, elles recevaient leur ration de nourriture et d'eau. Les enfants, les filles comme les garçons, agglutinés, s'approchaient tant qu'ils pouvaient, et les employés du cirque rencontraient toutes les peines du monde à les faire reculer, parce que avec les bêtes, on ne savait jamais.

Red repassa devant l'enclos des girafes sans daigner leur jeter un œil, devant la baraque des singes qui ne lui arracha rien d'autre qu'une affreuse grimace, devant la cage des lions, et fut enfin devant l'enclos des éléphants où il reprit sa posture songeuse, les regardant avec placidité.

Il les observait depuis un court moment, pas plus d'un quart d'heure lorsqu'il vit, se faufilant entre leurs pattes, un seau dans chaque main, un garçon de treize ans, quatorze peut-être. Un négrillon, rond, boudiné, les cheveux noirs, bouclés et cotonneux, nageant dans une chemise à carreaux et des pantalons trop larges rapiécés, qui pirouettait, rebondissant du jarret d'un pachyderme à l'autre, sautillant comme s'il redoutait que ses pieds fussent aplatis comme des crêpes sous leurs énormes pattes.

« Blackie... C'est-y pas possible ! Combien de fois faudra que j'te l'répète ! »

Celui qui l'avait ainsi rudoyé était un homme de petite taille, âgé, marqué, sec, osseux, au front bosselé, à la peau rêche et aux cheveux, à la moustache et aux sourcils blancs et ébouriffés, qui se mouvait en traînant sa patte folle.

Aux vociférations de l'homme, l'enfant avait sursauté. Celui que l'on avait appelé Blackie semblait fort emprunté avec ces pachydermes. Si emprunté que les éléphanteaux auraient pu à eux tout seuls l'envelopper de leur trompe et le soulever.

« Vot'Blackie... il est pas du tout à son affaire », observa Red, tout en mâchonnant une brindille, « pour des bêtes, des bêtes de cet acabit je veux dire... faut savoir commander... se faire respecter... se faire obéir... », ajouta-t-il avec cette voix traînante et cette nonchalance propres aux gens du Sud, aux noirs du Mississippi plus qu'ailleurs.

Venu se poster à ses côtés, l'homme qui avait rudoyé le négrillon acquiesça, après s'être détourné pour cracher. C'était Slim, l'un des soigneurs et l'un des plus anciens du cirque. Les employés l'avaient toujours appelé ainsi et ils ne lui connaissaient pas d'autre nom.

« Vous sauriez vous faire obéir de ces bêtes-là ?, renchérit-il en considérant des bottes à la tête cet inconnu à l'abondante tignasse rouge, fagoté comme s'il s'était couché tout habillé.

— Si je saurais… » répliqua Red, affichant un large sourire qui disait son immense satisfaction.

Il y avait dans cette réponse et dans cette voix surtout, une conviction, une certitude, qui faisaient que l'on ne doutait pas un seul instant, même si l'on avait devant soi un type qui avait tout l'air d'être un vagabond, avec une main déformée qui pendait comme un bois mort, que l'on ne doutait pas un seul instant qu'il allait être craint, obéi, qu'il allait imposer sa loi.

« Slim.

— Walter Eldridge… Red. D'Oxford. Ma famille possédait le plus grand domaine de tout le comté de Lafayette au Mississippi. »

Sans mot dire, Slim avait hoché la tête.

« Dans ma famille, avec les esclaves, les servantes, on a toujours su se faire obéir… Si vous avez besoin de bras, je suis votre homme…, poursuivit Red, qui avait pesé chacun des mots qu'il avait prononcés.

Slim, un brin décontenancé, ôta son chapeau et se gratta l'occiput.

— Un cirque a toujours besoin de bras..., glissa-t-il. Et j'ai un homme en moins. Alors... Faudrait voir... J'aurais bien besoin d'un assistant pour me prêter main-forte avec les éléphants. Rien de compliqué : faut les laver, les nourrir, les préparer pour la parade et le spectacle, les accompagner sur la piste pendant qu'ils effectuent leurs tours. Rien de compliqué, ça s'apprend vite... Faut juste pas avoir peur de manier le bâton d'éléphant quand y a besoin... »

Red haussa les épaules et, ses yeux bovins étincelant de bonheur, fit un large sourire ; manier un bâton, il savait faire. Dans sa famille, on utilisait une chicotte, un fouet, une cravache, une trique... Alors un bâton d'éléphant, cela ne devait pas se manier très différemment. Il saurait faire, pour sûr !

D'ordinaire, Charlie Sparks savait estimer la valeur d'un homme d'un seul regard, lire le courage, la peur ou la couardise dans les yeux. Et dans ceux de Red, de cet étranger aux cheveux rouges et au regard de feu, il avait vu un homme qui commanderait aux éléphants et saurait se faire obéir au doigt et à l'œil. Charlie Sparks et Red s'accordèrent vite. Red était trop heureux de quitter Saint Paul, de laisser derrière lui cette pension, son affreux tenancier, cette ville où rien ni personne ne le retenait et où il ne remettrait jamais les pieds. Il verrait du pays, plus qu'il n'en avait jamais vu jusqu'alors. Charlie Sparks insista sur le fait que, dans son cirque, les animaux étaient bien traités et que Mary, qui était la plus ancienne de ses pensionnaires, devait l'être particulièrement. Red ne devait user du bâton d'éléphant qu'avec parcimonie, seulement lorsque cela était absolument nécessaire. Lui ayant dit cela, il tourna les talons et le laissa en compagnie de Slim.

Les nourrir, les brosser, les conduire de leur enclos à la piste, veiller à ce qu'ils accomplissent leurs tours et les reconduire de la piste à leur enclos, cela ne présentait rien de compliqué, songea Red. Après tout, c'étaient des bêtes. Rien que des bêtes.

Mais quelles bêtes… Des forces de la nature. Sans aucun doute parmi les plus puissantes du règne animal sur Terre. Et Red allait les commander. Dans son vivace souvenir des sermons et propos du révérend Terreblanche, dans son esprit torturé, dans sa hiérarchie des animaux supérieurs et des animaux inférieurs, ces bêtes avaient rebattu les cartes. Existait-il, depuis les dinosaures et les mammouths, animal vivant plus gigantesque, plus impressionnant, plus puissant, plus robuste, plus fort que l'éléphant ? Aucun. Et si les éléphants étaient bien plus forts que les hommes, commander aux éléphants, c'était commander aux plus puissants des animaux de la Terre, c'était être aussi puissant qu'un roi. Lui, Walter Eldridge, d'Oxford dans le comté de Lafayette, un roi de la Terre ! Cela le fit ricaner. Emboîtant le pas à Slim, ce fut d'un cœur gai et en sifflotant qu'il pénétra dans l'enclos des éléphants.

V

« Le plus grand animal vivant sur Terre »

C'étaient des éléphants d'Asie. À Red qui l'ignorait, Slim expliqua que les éléphants d'Asie se reconnaissaient et se différenciaient des éléphants d'Afrique par leur corps moins massif, leurs oreilles moins larges, leurs défenses plus courtes quand ils en possédaient, leur peau un peu moins épaisse, à la façon d'une carapace, mais pas moins dure.

Slim avait le regard droit, l'œil vif, la moue boudeuse, épais comme un haricot bien qu'il mangeât comme quatre si bien qu'il se serait envolé avec une bourrasque, tel était Slim. Avec un nœud au collet et un veston, fumant la pipe, on aurait juré se trouver en présence du fameux Mark Twain si celui-ci n'était mort quelques années plus tôt. Il avait rejoint le Sparks World Famous Shows Circus quand Charlie Sparks en avait pris les rênes, mais il en savait par cœur toutes les histoires et parlait de Titus, le tout premier félin du cirque, ce lion famélique à l'haleine insoutenable qui n'en finissait pas de dépérir, comme s'il l'avait connu. Slim avait peu fréquenté les bancs de l'école, juste ce qu'il fallait pour apprendre à lire, à écrire et à compter. Le cirque, son unique famille, lui avait tout appris ; les animaux de la ménagerie n'avaient guère de secrets pour lui ; il n'ignorait rien à leur sujet. Il avait payé cher de sa personne ; ses avant-bras velus et ses doigts portaient de profondes marques de griffes et de morsures, et il boitait parce que l'éléphante Queen lui avait jadis écrasé le pied en reculant. Le bruit lourd de sa claudication le précédait.

Comme Red, il avait les singes en horreur, pis, il les détestait ; ces satanés macaques lui tapaient sur le crâne. Non pas qu'il eût connu un babouin au cul couvert de croûtes prénommé Moïse à qui son maître avait voulu faire apprendre le premier des dix commandements, mais parce que c'était de la mauvaise engeance, de la vermine. Pour lui, les macaques étaient sournois, malicieux, idiots. S'il n'en avait tenu qu'à lui, il y aurait eu belle lurette qu'ils auraient débarrassé le plancher. Mais comme ils rendaient les gamins fous, Charlie Sparks n'aurait consenti à s'en séparer pour rien au monde et, bon gré mal gré, Slim avait dû s'accommoder de leur présence, de leur fichu caractère, de leurs grimaces, de leurs… singeries.

Un jour, tandis qu'il leur distribuait leur pitance, il avait surpris une conversation entre deux *gentlemen* ; des savants prétendaient que les hommes étaient autrefois des singes, que les hommes descendaient des singes comme les singes descendaient de l'arbre… Il n'avait pas tout suivi, pas tout compris. Mais des singes, les ancêtres des hommes… Ces crânes d'œuf de savants étaient décidément plus idiots que ces satanés macaques. Et Dieu, tout là-haut, devait bien se fendre la poire !

Les éléphants, c'était autre chose, tout à fait autre chose. De vrais prodiges de la nature. Ils pouvaient vivre jusqu'à quatre-vingts ans, jusqu'à cent ans même ! assuraient certains – mais sans en pouvoir fournir la moindre preuve. Ils étaient doués d'une mémoire et d'une intelligence extraordinaires. Ainsi, quand des insectes les importunaient de leur bourdonnement, pouvaient-ils briser une branche d'arbre et en user comme d'un chasse-mouches. Mais surtout, ils avaient en eux quelque chose de majestueux, de royal, avec une lueur d'intelligence qui crépitait dans leurs prunelles. Slim les aimait sincèrement, quand bien même sa patte folle lui rappelait chaque fois qu'il posait le pied sur le sol qu'à cause d'un de leurs pareils, il avait failli ne plus jamais pouvoir marcher. Aussi ne passait-il jamais tout près d'eux sans leur adresser un regard empreint d'une lueur de crainte.

Le troupeau d'éléphants du Sparks World Famous Shows Circus se composait de cinq individus : un couple de vénérables éléphantes, Topsy et Queen, deux éléphanteaux, Ollie et Mutt, qui avaient rejoint la ménagerie depuis peu, lorsque Charlie Sparks les avait acquis auprès d'un modeste cirque itinérant qui avait fait faillite, les raflant au nez et à la barbe de ses concurrents qui avaient eu vent de la chose trop tard et s'étaient disputé les miettes. Et l'éléphante qui commandait à l'ensemble du troupeau, par un puissant et silencieux ascendant que l'on ne trouve que chez les bêtes, la plus ancienne et la plus massive, était Mary, la grande vedette du cirque que John H. Wiseman avait acquise alors qu'elle était tout juste âgée de quatre ans et ne mesurait pas plus de cinq pieds de haut.

Mary avait appris à jouer avec sa trompe d'une énorme flûte que Charlie Sparks avait fait fabriquer tout exprès pour elle et dont elle savait tirer jusqu'à vingt-cinq sons différents, ce qui constituait pour les bambins le plus délicieux des divertissements, quoique la mélodie fût hésitante. Elle avait aussi appris à jouer au base-ball, et excellait à manier une batte comme à lancer la balle. Au fil des ans, Mary s'était muée en une spectaculaire force de la nature ; Charlie Sparks se targuait de posséder « le plus grand animal vivant sur Terre », ce qu'annonçaient les affiches placardées partout dans les villes où devait se produire le Sparks World Famous Shows Circus. Il affirmait qu'elle dépassait de loin Jumbo, le fameux éléphant du Barnum & Bailey Circus, au point que ses directeurs avaient tenté plus d'une fois de la lui acheter à prix d'or. C'était du moins ce qu'il contait.

Tout en étalant le fourrage sur le sol de l'enclos et en écoutant Slim d'une oreille, Red observait avec curiosité et du coin de l'œil les faits et gestes de Mary. Avec grâce, elle étendait sa trompe, ramenait une grosse touffe de fourrage, l'époussetait avant de la glisser avec délicatesse dans sa bouche. Après quoi elle recommençait, dépliant et repliant sa trompe, époussetant sa pitance, la nettoyant avec un soin infini.

Lorsque Slim la lui avait présentée comme s'il s'était agi d'une vénérable dame, Red avait immédiatement su que c'était à elle qu'il allait devoir imposer sa volonté, afin d'être craint, respecté et obéi du troupeau. Il lui avait alors semblé entendre comme en un lointain écho la voix du révérend Terreblanche : « Emplissez la terre et soumettez-la ; dominez les poissons de la mer, les oiseaux du ciel et tous les animaux… » (Gen., 1 : 28). La suite lui échappait. Mais peu importait. Il était des attributions de l'homme, et de l'homme blanc, animal supérieur parmi tous les animaux, de commander, de soumettre. Les éléphants étaient-ils des animaux supérieurs ? Ses pensées étaient confuses. Il tenta de raisonner, autant que son esprit pouvait le lui permettre.

Slim, intarissable, parlait. Red ne prêtait plus attention à ce qu'il disait lorsqu'un changement dans l'inflexion de la voix de son compagnon lui annonça que ce qu'il allait lui révéler était peu commun.

Un jour, il avait surpris de vieux employés conter que Mary avait autrefois causé la mort de deux hommes au Texas. Lorsque la chose était remontée jusqu'à ses oreilles, Charlie Sparks avait balayé cette rumeur d'un revers rageur de la main ; Mary, son éléphante, n'était pas une meurtrière.

Red était songeur. Commander à des éléphantes épuisées par le poids des ans et abruties par la chaleur du Sud, à des éléphanteaux qui n'accomplissaient leur tour de piste et leurs cabrioles que pour recevoir leur pitance, c'était à la portée du premier venu, ce n'était rien. Mais commander à cette force de la nature, à ce prodige, à cette masse de chair, d'os et de muscles, de puissance et d'intelligence qu'était Mary, c'était une tout autre paire de manches.

Longuement, Red la fixa dans les yeux, afin qu'elle comprenne bien que, désormais, c'était LUI son maître. Comprenait-elle ? Peu lui importait. Elle apprendrait vite. Il se mit à ricaner et, malgré la chaleur, Slim sentit comme un frisson glacé parcourir son dos.

VI

UN BEAU BÂTON D'ÉLÉPHANT EN BOIS ET EN LAITON

Slim expliqua à Red en quoi consistait leur labeur. Gloutons, les éléphants réclamaient chaque jour une impressionnante quantité de fourrage et d'eau. Aussi fallait-il veiller à ce que la réserve fût toujours pleine ou qu'entre le spectacle de l'après-midi et celui du soir, on les menât se désaltérer dans un lac ou une rivière proche. À cette occasion, Red apprit que les éléphants n'aimaient rien tant que s'asperger d'eau ou doucher leurs congénères de leur trompe et, lorsqu'ils s'adonnaient à ce délicieux divertissement, mieux valait se mettre à couvert pour n'être pas arrosé et trempé jusqu'aux os.

Avec l'étouffante et brûlante chaleur qui les écrasait et la terre qui leur collait à la peau, impossible d'y couper ; il fallait de nouveau les décrotter, les laver, les frotter, les brosser, afin qu'ils soient propres comme des sous neufs pour la représentation du soir. Cet après-midi-là, comme il n'y avait ni lac ni rivière dans les parages, on tira l'eau des citernes ; les éléphants demeurèrent dans leur enclos. Un peu avant la seconde représentation,

Slim harnacha Mary, la coiffa de son splendide diadème à plumes, et Red, l'imitant, caparaçonna les autres bêtes.

Queen, Topsy, Ollie et Mutt étaient doux, obéissants, dociles ; de vrais agneaux. Seule Mary, parfois, faisait la forte tête, et Slim se voyait contraint, bien malgré lui, de la « brusquer », en lui tapotant l'arrière des pattes de l'embout de son bâton d'éléphant. « Une forte tête ? » se dit Red en la lorgnant de toute sa hauteur, ce qui était à dire cinq pieds et demi, quatre de moins que Mary. « On verra bien… » ricana-t-il.

Sur le domaine de sa famille et des générations durant, les fortes têtes, les vraies, s'étaient comptées sur les doigts de la main ; elles avaient été matées avec force coups de fouet, de chicotte ou de trique, mais elles avaient toujours fini par rentrer dans le rang, d'une façon ou d'une autre.

Son père lui avait un jour raconté une histoire qui était advenue à son grand-père, il y avait longtemps, au temps des jours glorieux. Il était enfant lorsque des esclaves, des dizaines et des dizaines, au total plus d'une centaine, travaillaient encore sur le domaine. Haut comme trois pommes, allant et venant à sa guise, jusque dans la partie de la plantation dédiée aux cases, il les croisait chaque jour, des hommes robustes aux muscles saillants, des femmes fières, des négrillons tout en chair, des vieillards en haillons qui n'étaient plus bons à rien, oncles Tom que l'on gardait par charité chrétienne.

Parmi eux, parmi tous ces nègres, il y en avait un qui répondait au nom d'Isaak, dont les ancêtres avaient été capturés sur la côte d'Afrique au royaume d'Abomey, plus noir que le charbon avec des yeux blancs toujours injectés de sang, quoiqu'il ne cédât jamais à la colère. Les autres le vénéraient, car il se murmurait qu'il était de sang royal, qu'il était plus puissant que les autres nègres, auxquels il commandait de sa grosse voix caverneuse. Cette voix qui les effrayait tous lui causait à lui aussi tant d'effroi que chaque fois qu'il le voyait ou qu'il l'entendait, le grand-père de Red, celui qui avait plus tard pris la tête du domaine avant de partir à la guerre pour y mourir, courait se cacher, fermait les yeux et se bouchait les oreilles. Cet Isaak le terrifiait. Durant des années, il l'avait redouté. Et en grandissant, à force de l'observer, il avait acquis la conviction que par la magie de sa voix, lorsqu'il en aurait l'envie, le désir, la volonté, il pourrait envoûter les autres nègres, les mener à la révolte, leur faire quitter ce domaine que ses aïeux avaient bâti à la sueur de leur front, après l'avoir brûlé et avoir fait brûler leurs maîtres avec, coupables à leurs yeux de leur avoir infligé la malédiction de Cham, d'être cause que Dieu les avait maudits jusqu'à la fin des temps.

Ayant toujours vécu sur le domaine, Wallace Eldridge avait appris très tôt à se faire obéir et, lorsqu'un nègre rechignait à la tâche, il lui administrait force coups de trique. Concernant Isaak cependant, il n'avait jamais eu de reproche à formuler à son encontre et n'avait jamais porté la main sur lui.

En ce temps-là, il y avait sur le domaine une négresse à la peau claire et aux traits fins pour une femelle de sa race, aux courbes lascives et à la beauté ténébreuse. Wallace avait lu l'histoire de la reine de Saba. Cette histoire l'avait tant fasciné qu'il l'avait lue et relue, et il avait conçu dans son esprit que si elle existait, cette reine aurait pour sûr le corps et les traits de cette négresse. Un soir qu'il avait bu avec excès, gagné par une fièvre inconnue, il voulut la posséder. Empestant la sueur et l'alcool, il se rendit dans la nègrerie en titubant, s'introduisit dans la hutte de celle qui était l'objet de son tourment et de son excitation, se rua sur elle, la jeta sur sa paillasse, entreprit de la pénétrer, couvrant ses cris d'une main fébrile.

Du fond de sa case, Isaak avait entendu la femme se débattre et crier. Il n'ignorait pas que Wallace Eldridge en était la cause tout comme il n'ignorait rien de ses intentions. Pourtant, il s'introduisit dans la case, arracha Wallace à son étreinte et, alors que le jeune maître avait encore le cul à l'air, le caleçon et les pantalons aux genoux, l'envoya rouler dehors dans la fange. Après avoir remis son froc, Wallace Eldridge s'était réfugié en courant dans la somptueuse demeure à colonnes familiale, qu'il n'avait plus voulu quitter jusqu'à ce que son père parvînt enfin à lui arracher la vérité, l'horrible vérité de cette nuit-là, qu'un nègre, le plus grand, le plus puissant de tous, de noble extraction sans doute, mais un nègre, avait osé porter la main sur son fils, la chair de sa chair. Le nègre Isaak n'ignorait rien de ce qui l'attendait. Il eût pu fuir. Il ne le fit pas, afin que la colère du maître ne s'abattît pas sur ses compagnons d'infortune. Il fut pendu sans autre forme de procès, à l'aube, après avoir été arraché à la paillasse de sa misérable case et roué de coups. Pour Wallace Eldridge, l'affront était demeuré indélébile.

S'il avait conté cette histoire à ses fils, et si le père de Red la lui avait contée, c'était afin que jamais il ne se laissât envoyer mordre la poussière, que ce fût par un nègre ou qui que ce fût. Si le domaine avait été perdu, Red n'avait jamais oublié cette terrible histoire, et bien qu'il ne l'eût pas connu, le spectre du nègre Isaak avait hanté ses nuits des années durant.

Red fixait Mary de ses yeux jaunes où brûlait un feu noir lorsque Slim lui tendit un objet. C'était un bâton d'éléphant, droit comme une canne, de la largeur de deux doigts, taillé dans un beau bois clair rose, long de trente-huit, quarante pouces, dont le manche était tout gainé de cuir, et dont l'embout, en laiton, figurait une tête d'éléphant. Un bel objet, assurément, ainsi qu'en possédait sa famille sur le domaine dans le temps jadis. Quand Red l'eut en main, ce fut comme s'il avait reçu le bâton de commandement de Dieu lui-même ; il rayonnait. « Vas-y doucement avec… », lui glissa Slim en plongeant son regard dans ses yeux fiévreux. Red acquiesça. Cependant, ce fut plus fort que lui, avec la pointe de l'embout en laiton, il ne put s'empêcher de parcourir le flanc de Mary.

Se faire obéir du troupeau, c'était d'abord se faire obéir de Mary, lui imposer sa loi. Si Mary, la toute première, le craignait, Queen, Topsy, Ollie et Mutt le craindraient tout autant sinon plus. L'idée ne devait pas germer en eux qu'ils pouvaient agir à leur fantaisie avec lui comme avec Blackie. Blackie avait en lui, dans son sang, dans tout son corps, chevillée à lui, la docilité, l'obéissance, la servitude. Comment un nègre, et à plus forte raison un négrillon, pouvait-il commander à des bêtes, et par-dessus le marché, aux bêtes les plus puissantes de la Terre ? Par les inflexions sourdes de sa voix, sa mélodie, son ricanement, Red sentit qu'il leur faisait dresser les poils sur la peau, qu'il les faisait tressaillir et trembler autant qu'un éléphant le peut, et il n'en était pas peu fier parce que après tout, il était de la race des maîtres, des seigneurs, des rois de la Terre.

Une foule bigarrée, bruyante et tonitruante s'engouffra sous la toile du chapiteau pour le spectacle du soir. Au-dehors, aussi excité qu'impatient d'entrer en piste, Red entendit le grondement haletant soulevé par l'apparition des girafes, les rires gras déclenchés par la cohorte des singes et les clowns, les cris d'effroi arrachés par les bonds et les rugissements des lions, le silence brutal qui indiquait que Raimondo Raimondi introduisait sa tête dans la gueule de César puis, enfin, ce fut au tour des éléphants. Mary, la première, coiffée de son diadème à plumes multicolores, fit son entrée sur la piste, suivie de Queen et Topsy, et des deux éléphanteaux, Ollie et Mutt, escortés par Slim et Red. Les éléphants accomplirent deux tours de piste, montèrent chacun sur un tabouret peint aux couleurs du cirque, s'assirent sur leur séant, se redressèrent. Slim tendit à Mary une flûte d'une taille peu commune, dont elle se saisit avec une délicatesse infinie, qu'elle porta à sa bouche, et tira une gamme de sons qui s'éleva comme une mélodie, déclenchant la stupéfaction des uns, les yeux ronds comme des soucoupes, l'hilarité des autres, l'exquis bonheur de tous. Mais ce qui cloua vraiment de surprise les spectateurs, ce qui leur fit tirer la langue, ce fut quand Slim, qui avait revêtu une chemise et une casquette en toile de base-ball, tendit à Mary une balle en cuir, et se présenta face à elle en position de *catcher*. D'un mouvement précis de sa trompe, Mary lança la balle suivant une trajectoire courbe que, d'une frappe ajustée, Slim expédia mollement parmi les spectateurs, comblant de joie un garnement, un rouquin à la face ronde couverte de taches de son qui, ne s'y attendant pas, fut tout surpris de la recevoir et, se levant, l'exhiba. Puis, de *pitcher*, Mary devint *catcher*. Slim lui remit la batte, recula de vingt pas, lança la balle en direction de l'éléphante qui l'envoya à son tour parmi les spectateurs après l'avoir frappée au vol. Slim et Mary lancèrent et frappèrent encore chacun à leur tour quelques balles, sous les clappements de mains et vivats déchaînés du chapiteau avant de saluer avec élégance et d'être rejoints par Lola, Raimondo Raimondi, la cohorte des clowns et tous les autres artistes pour le salut final, après quoi, en file indienne, les éléphants furent raccompagnés dans leur enclos.

Après le spectacle, Red distribua leur pitance – du fourrage – aux éléphants. Mary, la première, approcha, suivie de ses congénères. Ce fut alors qu'ayant commencé à étendre le fourrage sur le sol, par une inspiration soudaine, sans violence mais avec autorité, Red repoussa de son bâton la trompe de Mary à l'instant où l'éléphante s'apprêtait à se saisir de sa nourriture. Après avoir esquissé un léger mouvement de recul, Mary s'approcha de nouveau. Lorsqu'elle déploya sa trompe pour se saisir d'un peu de fourrage, Red lui asséna avec l'embout en laiton de son bâton un coup sec entre les deux yeux. L'éléphante émit un faible barrissement, secoua ses larges oreilles et toute sa tête, ainsi qu'un chien qu'un taon aurait piqué.

L'apprenti soigneur et la vedette du cirque, la brute et la bête, demeurèrent un instant immobiles, les yeux dans les yeux, se jaugeant, dans un étrange face-à-face. Blottis derrière Mary, les autres éléphants, immobiles, ayant senti qu'il se passait quelque chose, se tâtaient. Après quoi l'homme à la tignasse rouge, un large sourire de triomphe aux lèvres, désignant d'un geste le fourrage de la pointe de son bâton, signifia à Mary qu'il lui accordait le droit d'enfin toucher à sa pitance.

L'éléphante secoua les oreilles et sa lourde tête, fit onduler sa trompe à la façon d'un boa, se saisit craintivement d'une touffe de foin qu'elle glissa élégamment dans sa bouche, en jetant toutefois un œil noir interrogateur à son étrange garde-chiourme. Ravi d'avoir imposé sa volonté, et pour que Mary comprît bien qu'il était le maître, Red lui asséna, sans qu'elle ne vît rien venir, un autre coup de bâton, entre les deux yeux. Le faible barrissement de douleur de l'éléphante, qui sonna à ses oreilles comme une chanson douce, l'enchanta à un point qu'il aurait bien été incapable d'expliquer. Au gémissement de détresse de Mary, Slim s'était retourné, un brin incrédule.

« Doucement, fils… de la tendresse… Les bêtes, c'est comme les hommes, faut pas les malmener… faut les amadouer… sinon t'en obtiens rien… rien d'autre que des misères », l'avertit-il, un doigt tout tremblant pointé en direction du ciel, comme s'il prenait Dieu lui-même à témoin. Mais drapés dans leur superbe, trop sûrs de leur bon droit, trop forts de leurs certitudes, trop confiants dans leur puissance, les rois de la Terre ignorent toujours les présages et les avertissements.

VII

Un melon bien mûr tombé d'un camion

Le premier jour, Slim lui ayant appris quelques ficelles du métier, les plus grosses, Red avait découvert les coulisses du cirque. Il avait marqué son territoire, avec de la poigne et de petits coups de bâton bien ajustés, sur les jarrets et l'arrière-train des éléphants, et le premier jour donc, les choses s'étaient bien passées.

Le matin suivant, aux roses aurores, pour le deuxième jour de Red, le Sparks World Famous Shows Circus s'était transporté jusqu'à Kingsport, une humble cité minière à cinquante miles de là, dans le comté voisin de Sullivan, dans le Tennessee. Red avait quitté le Mississippi pour le Tennessee, le Tennessee pour le Kentucky, le Kentucky pour la Virginie, tout cela afin de voir du pays, et la fortune, qui parfois se montre facétieuse, le ramenait dans le Tennessee, comme elle allait peut-être le ramener dans le Mississippi, dans le comté de Lafayette, et peut-être même à Oxford, chez lui, comme soigneur d'éléphants dans un des plus grands cirques du pays – du moins était-ce là ce qu'il voulait croire.

Et de manière tout à fait étrange, son deuxième jour débuta aussi mal que son premier jour s'était déroulé sous les meilleurs auspices, comme s'il s'était levé du mauvais pied. Slim et lui étaient à peine arrivés à Kingsport et avaient tout juste fait descendre les éléphants de leurs wagons qu'il avait trouvé de quoi passer sa méchante humeur. Il avait écrasé sous son talon un hanneton dévoreur de bouse, et décoché à Blackie, qui, traînait dans ses pattes, un bon coup de pied dans l'arrière-train.

Les Tchécos commencèrent à dresser les palissades, monter le chapiteau, disposer les cages des singes et des lions, et à installer les enclos pour les girafes et les éléphants. Après s'être rafraîchi, Red ordonna à Blackie de se munir de son balai à poils durs pour brosser les éléphants, tandis que lui, une main crispée sur son bâton de beau bois rose à l'embout en laiton luisant, s'en irait chercher leur ration journalière de fourrage. Et quelle ration ! Ces bestioles, ces bougres d'animaux-là, mangeaient sans vergogne, bâfraient, et avec une lenteur qui était à désespérer ! À un moment, il vint à l'esprit de Red que ces bêtes auraient pu passer toute la matinée, toute la sainte journée, toute leur existence même à ne rien accomplir d'autre que manger, et cela le mit dans une rogne extraordinaire. Sans qu'il sache comment l'idée lui était venue, il effectua un rapide calcul à l'issue duquel il comprit que si Mary n'avait pas été la tête d'affiche du cirque, Charlie Sparks aurait réalisé de sacrées économies en se débarrassant du troupeau.

De tout le troupeau cependant, c'était Mary qui l'exaspérait le plus. Alors que l'infortuné Blackie, bondissant de-ci de-là, s'affairait avec sa fourche à lui agiter le fourrage juste sous la trompe, Mary allait, venait, se saisissait d'une touffe de foin qu'elle promenait dans les airs avant de la déposer sur le sol avec délicatesse, pour la reprendre et la secouer, l'épousseter encore et encore, avant de la porter à sa bouche et de l'engloutir enfin. « Avec les éléphants, faut être patient, fils… et pas une fois de temps en temps… tout le temps », lui avait glissé Slim. Patient, justement, Red ne l'était pas. Ce n'était pas dans sa nature, il ne l'avait jamais été.

Plus d'une fois, pour passer ses nerfs, il frotta la rude peau des éléphants de son bâton. Il avait commencé par de petits coups, pour se mettre en forme, puis au fur et à mesure que les minutes s'égrenaient, il y avait mis davantage de cœur. En fin de matinée, l'épaule et le bras douloureux, il harnacha les éléphants et les apprêta pour la parade.

En début d'après-midi, le Sparks World Famous Shows Circus livra sa première représentation du jour devant un public peu fourni, mais extatique. Durant le spectacle, suppléant Slim, Red avait mené les éléphants sur la piste, leur adressant de temps à autre, çà et là, quelques coups de bâton juste pour le plaisir, et quelques coups plus appuyés spécialement pour Mary, dont il tira davantage de plaisir encore. Tout se déroula cependant au mieux – si l'on peut dire les choses ainsi – et, après que les éléphants eurent achevé leur salut sous les clappements de main frénétiques et les hurlements délirants des spectateurs, Slim et Red les raccompagnèrent dans leur enclos. Comment pouvait-on se mettre dans des états pareils pour des animaux ? s'interrogea Red. Slim, qui les commandait, qui était obéi d'une seule inflexion de voix, d'un coup de bâton, pouvait forcer l'admiration. Commander à un troupeau de bêtes, ça, c'était quelque chose ! Mais les numéros des éléphants, à bien y réfléchir, ne valaient pour lui pas plus que les tours des tamarins, ou les grimaces de l'antique orang-outan, ce gros tas de poils orangés.

Bien que l'on fût fin septembre, le soleil écrasait la Terre de chaleur, et les hommes étaient exténués et en nage en ne faisant rien. Comme une rivière à l'onde claire serpentait non loin de l'endroit où le chapiteau avait été dressé, Slim, Red et Blackie menèrent boire les éléphants.

Une route droite et blanche comme une allée de cimetière, inondée de soleil, conduisait à la ville, et à un embranchement, une sente fangeuse que bordaient des rangées de hautes herbes jaunes et sèches descendait vers une oasis de verdure constellée de fragments de couleurs au milieu de laquelle une rivière s'écoulait avec paresse. Les éléphants n'aiment rien tant que prendre des bains de poussière, la recueillir de leur trompe et s'en saupoudrer joyeusement. C'est dans leur nature. C'est pour eux un délice. À coups de bâton sur les jarrets et l'arrière-train, Red les pressa. Mary, Queen et Topsy reçurent un nombre conséquent de coups d'une rare violence. Les deux éléphanteaux, Ollie et Mutt, ne furent pas épargnés ; jaillissant d'une bête à l'autre pour qu'elles accélèrent le pas et ne musardent pas en chemin, Red s'en donnait à cœur joie. Son agitation et ses coups furent payés de retour ; de leur lourd pas, les éléphants s'ébrouèrent, trottinèrent, bifurquèrent sur la sente et furent en un rien de temps à la rivière. L'endroit était paradisiaque. Sous les caresses d'un vent tiède, la rivière était parcourue de zébrures d'où jaillissait de temps à autre une carpe argentée. Attirés par l'onde moirée, Mary, Queen, Topsy, Ollie et Mutt se laissèrent glisser dans l'eau où ils burent et s'arrosèrent sous les ramures d'arbres noueux et touffus dont les branches basses pêchaient. L'ombre des cimes et la fraîcheur glacée de la rivière tempérèrent les ardeurs des bêtes et des hommes. Une belle lumière d'après-midi perçait comme aux origines du monde.

Un vent léger passa à travers les feuillages, une brise chaude qui plaqua les cheveux humides sur les fronts et les tempes des hommes. Tandis que les éléphants batifolaient et folâtraient dans l'onde claire, Red décocha à Blackie un formidable coup de pied, et d'un signe de tête appuyé, comme si l'enfant était idiot, désigna la rivière avant de s'asseoir et de s'adosser à l'orme qui, à lui seul, ombrageait l'endroit où elle formait un coude, imité en cela par Slim que la splendeur des lieux avait rendu muet. L'enfant s'exécuta et rapporta une gourde remplie d'eau glacée. Red lui désigna ses bottes. L'enfant les lui retira – à sa plus grande satisfaction – afin qu'il pût se rafraîchir les pieds dans l'herbe épaisse. Red, les yeux jaunes, adressa à Slim un étrange sourire ; c'était ainsi que l'on se faisait obéir.

Les deux hommes et l'enfant demeurèrent là, coupés de l'agitation du monde, du bruit et de la chaleur, un moment infini, buvant tout leur soûl, trempant de temps à autre des linges dans l'eau pour se rafraîchir le crâne. Enfin, quand les hommes, l'enfant et les bêtes se furent bien reposés et désaltérés, vint l'heure du retour.

Mais après les puissantes chaleurs accablant la route et la violence de la lumière éblouissante qui se réverbérait sur la poussière blanche, les champs d'herbes jaunes, les éléphants n'étaient aucunement décidés à regagner le cirque et leur enclos. Ils faisaient montre d'une évidente mauvaise volonté. Mary la première. Tant qu'elle s'égaierait, le troupeau ne quitterait pas le lit douillet de la rivière.

Elle sortie, en revanche, les autres la suivraient naturellement, il n'y avait pas le moindre doute sur ce point. Red envoya Blackie s'en charger. « Allez, sors-la-moi de la flotte ! » lui ordonna-t-il, pour se divertir de l'incapacité du négrillon à mener à bien cette tâche plus que par paresse. Blackie pénétra dans l'eau jusqu'aux genoux. En dépit de ses suppliques et objurgations, de tout ce qu'il fit pour pousser ou tirer l'éléphante ne fût-ce que d'un pouce en direction de la berge, il ne parvint pas à la faire ciller d'un pied. Au contraire, ce fut Mary qui l'envoya dans l'eau.

Décidément, ces nègres n'étaient pas faits pour commander, et Red se dit qu'il y avait bien une raison s'ils étaient esclaves depuis la nuit des temps. « Sors-la-moi de là ! » hurla-t-il sur le négrillon effrayé en le gratifiant pour sa peine et ses inutiles efforts d'un formidable coup de trique sur les reins tandis que, tout penaud et trempé comme une soupe, Blackie s'était extrait du fond sablonneux de la rivière et fait tout petit.

Ayant retroussé les manches de sa veste autant que cela lui était possible, et ayant pénétré à son tour dans l'eau jusqu'aux genoux quoiqu'il eût préféré demeurer les pieds au sec, Red se fit donc fort de ramener Mary coûte que coûte sur la berge. « Tu ne t'es donc pas assez prélassée, princesse ? » Et à coups de trique sur l'arrière-train, il entreprit de la rosser, et de la rosser encore, jusqu'à ce qu'elle entendît qu'il ne s'arrêterait que lorsqu'elle serait hors de la rivière.

Les lèvres écumantes de bave, Red ne retint aucun de ses coups. Aux claquements sur l'arrière-train de Mary et aux barrissements de douleur mêlée de détresse qu'ils lui arrachaient, Queen et Topsy, auxquels Ollie et Mutt avaient embrayé le pas, s'étaient hâtés de gagner la rive, comme s'ils avaient senti au plus profond d'eux qu'il n'y avait absolument rien à faire contre la démence qui s'était emparée de cet homme, contre la bête furieuse qui s'était éveillée en lui. Mary, de son pas pesant, s'était enfin résolue à sortir. Mais Red n'était pas rassasié. Il lui en fallait davantage pour apaiser sa colère, bien davantage. « Alors, tu vas enfin sortir ! », rugit-il entre ses dents, la corrigeant toujours. En la poursuivant comme s'il la chassait, son pied glissa sur une pierre, il chancela, manqua de tomber et d'être trempé jusqu'au cou. Il mouilla ses fonds de culottes mais à cause de son regard de fou et des tremblements dont il était secoué, nul n'eut envie de rire. Pas plus Slim que Blackie. À cet instant précis, les petits yeux noirs de Mary avaient croisé son regard de dément. Elle jugeait qu'il y avait matière à rire ? Il allait lui faire passer l'envie de s'amuser à ses dépens. Et comme elle atteignait enfin la berge, le corps tout ruisselant, il lui administra encore quelques coups avec tant de violence que sa canne au beau bois rose usé parut sur le point de se rompre.

La petite troupe quitta l'oasis de verdure, là où, l'espace d'un instant, s'était déchaîné tant de colère sous le regard de Dieu, pour s'engager sur la sente qui menait à l'embranchement et à la route. À peine furent-ils hors de l'oasis qu'une chape de lumière, de chaleur, s'abattit sur eux, leur chauffant tout le corps et leur martelant les tempes et le crâne. L'air était tremblant et surchauffé. Il n'y avait pas un souffle. Afin qu'ils n'aient pas à laver, brosser et frotter de nouveau les éléphants une fois de retour au cirque, Red, gesticulant et hurlant à hue et à dia, en rouant de coups Mary, Queen et Topsy, était parvenu à les faire courir jusqu'à l'embranchement sans qu'elles aient eu le temps de se couvrir de poussière. Sur la route droite et blanche, le soleil dardait sans pitié.

Sur l'instant, Red en tira un sentiment délicieux, un plaisir immense, indéfini, une forme de gloire ; à lui tout seul, il avait fait sortir les éléphants de la rivière, les avait menés au pas de course jusqu'à la grand-route. Pour la première fois dans son existence peut-être, il était à sa place. Et puis, songeat-il, s'il poursuivait ainsi, il succéderait à Slim, qui se faisait vieux, il soignerait ces bêtes, et les dompterait, seul, leur apprendrait de nouveaux tours, formerait un orchestre, les initierait au basket-ball ; avec leur trompe, rien de plus simple, glisser le ballon au fond du panier serait un jeu d'enfant. Charlie Sparks augmenterait ses gages. Ses yeux brillèrent d'un feu ardent. Ce fut alors qu'il lui sembla qu'une voix, une voix surgie du néant, interrompait ses pensées et rêves de gloire et de fortune.

« Red… Red… Red !… – c'était la voix de Slim – tu devrais pas les frapper comme ça… Les bêtes… tu devrais vraiment pas les frapper comme ça… »

Red crut d'abord avoir mal entendu.

Ce Slim était vraiment une poule mouillée, un simplet. « Heureux les simples d'esprit, le royaume des cieux leur appartient… » Par un de ces singuliers mécanismes propres aux souvenirs, les paroles ailées du révérend Terreblanche lui étaient alors soudain revenues en mémoire. Ses formules sentencieuses et sermons avaient accablé son enfance. Péchés véniels, péchés mortels, châtiments, grâce, contrition, pénitence, les portes de l'Enfer, le royaume des cieux… Red émit un ricanement. Le royaume des cieux… Alors que le royaume terrestre était là, à portée de main : « Heureux les simples d'esprit… » Jadis, sur le domaine de sa famille à Oxford dans le comté de Lafayette, on n'aurait pas même laissé nettoyer les écuries ou décrotter les sabots des chevaux à un type comme Slim.

Ils cheminaient sur la route de graviers blancs et n'étaient plus très éloignés du cirque dont ils apercevaient les roulottes et la toile du chapiteau à un quart de mile devant eux tout au plus. En tête du cortège, Mary ouvrait la marche lorsque quelque chose capta brusquement toute son attention. Ayant ralenti l'allure, se dandinant, cheminant précautionneusement, comme si elle eût posé ses pattes sur des œufs, elle se rapprocha du bord de la route, entraînant dans son sillage ses congénères, qui tous semblaient vouloir contempler aussi de leurs petits yeux noirs ce qui l'avait ainsi puissamment attirée.

En queue de cortège, Red, à qui ce manège n'avait pas échappé, la main crispée sur son bâton, se porta aussitôt au-devant pour voir de quoi il retournait. Et parvenu à la hauteur de l'éléphante, il découvrit ce qui avait captivé Mary sur le bas-côté. C'était, parmi les touffes d'herbe jaune sable, un melon. Un beau melon bien mûr tombé d'un camion qui, dans sa chute, s'était fendillé, découvrant sa pulpe orangée et Mary, subjuguée, ravie par la douce senteur sucrée, n'avait pu résister. De sa trompe, et avec grâce et agilité, elle s'était saisie du fruit. Après l'avoir porté à hauteur de ses minuscules yeux noirs, elle s'apprêtait à le reposer sur le sol pour l'écraser sous sa patte et s'en régaler lorsqu'une insoutenable et lancinante douleur l'assaillit au flanc, lui arrachant un barrissement qui statufia de stupeur ses congénères. C'était Red qui, éructant, ivre de colère, l'avait piqué de la pointe de son bâton, comme s'il avait voulu percer sa peau et pénétrer profondément sa chair. Ayant lâché sa prise, Mary se cabra, se tordit, tandis que Red, qui avait de nouveau remonté les manches de sa veste autant qu'il le pouvait, les veines gonflées, la bouche crispée, tordue, avait recommencé à lui administrer des coups pour qu'elle reprît sa marche.

Ce fut alors que Mary, cette princesse, cette auguste éléphante dont la douceur n'avait d'égale que la puissance, les oreilles plaquées en arrière, excédée des coups de son bourreau, pivota, saisit Red à la taille et, dans un barrissement qui résonna et fit trembler jusqu'aux limites les plus éloignées du comté, le projeta de toute sa force et de toute sa colère sur le bas-côté, où il roula après avoir bien mordu la poussière. D'abord, le souffle coupé, les tempes incandescentes, il ne voulut pas croire ce qu'il venait de se passer. Mais une sensation de brûlure sur tout le corps, sur les bras notamment, une vive douleur à la hanche et une sérieuse bosse sur l'occiput achevèrent vite de le convaincre. Après s'être traîné hors des herbes sur les coudes jusque sur la route, les paupières gonflées, il se mit à quatre pattes pour se relever, passant une main endolorie dans sa tignasse rouge et tâtonnant le sol de l'autre à la recherche de son bâton. La toute première chose qu'il perçut, distinctement, ce fut Slim qui s'efforçait de calmer la furie naissante de Mary en lui caressant la trompe et en lui parlant à voix basse dans le creux d'une oreille comme s'il eût entendu le langage de ces bêtes. Des employés du cirque que les hurlements de douleur de l'éléphante avaient alertés et qui avaient accouru aussitôt l'entouraient.

Après s'être levé avec une infinie lenteur, décomposant chacun de ses mouvements, Red aperçut son bâton d'éléphant à quelques pas de lui et le ramassa.

En se baissant, il lui sembla ressentir partout une vive douleur. Elle avait osé… elle avait osé le toucher, lui ! Comme le nègre Isaak avait jadis osé toucher son bisaïeul, l'humiliant au vu et au su de toutes les négresses, de tous les nègres et de tous les négrillons du domaine, elle avait osé, et elle le regretterait car il allait lui faire passer à jamais l'envie de toucher un seul cheveu de son maître, et de le jeter au sol. Ses yeux jaunes avaient viré au rouge, et c'était tout son corps qui bouillonnait, qui brûlait, qui se consumait sous l'effet de la rage. Sa main crispée sur son bâton d'acajou tout poussiéreux tel le sceptre d'un roi déchu, il courut en titubant, hurlant à s'époumoner, pour aller corriger Mary comme aucun animal sur Terre ne l'avait jamais été.

Sous le ciel rougeâtre de cette fin d'après-midi écrasante de chaleur, il ne fallut pas moins de trois employés robustes pour le stopper dans son élan et l'empêcher de rouer de coups Mary jusqu'à ce que ses forces l'abandonnassent ou qu'il finît par y laisser son bras.

VIII

Le bruit sec d'une pastèque qui éclate

Red avait été soulevé, secoué et balancé dans les airs à plus de vingt pieds de haut et, lorsqu'il était retombé, son poids s'écrasant sur le sol avait produit un bruit semblable à un sac de grains jeté du haut d'une grange. De retour au cirque, et tandis que Red reprenait ses esprits, Slim, encore sous le choc, avait raconté ce qu'il était arrivé, provoquant un petit attroupement, car tous, Raimondo, Lola, Flipp, Boon, Lycurgus, les autres clowns, les Tchécos présents, voulaient savoir comment cette forte tête à la tignasse rouge qui avait surgi deux jours auparavant – nul ne savait trop d'où d'ailleurs –, s'était retrouvé au sol plus vite et plus sûrement qu'un boxeur amateur sur un ring pour son premier round. « Ça s'est passé comme ça, que j'vous dis ! », répétait Slim à ceux qui lui enjoignaient d'encore tout raconter, depuis le début.

Face à l'agitation et à la nervosité des hommes, qui avaient gagné les bêtes, Charlie Sparks, son stetson enfoncé sur le crâne, sa canne à pommeau doré dans une main, son cigare dans l'autre, était venu aux nouvelles. Slim lui raconta l'histoire, deux fois, avec Blackie un peu en retrait à ses côtés, qui secouait la tête en signe d'approbation. Parfois, il ouvrait la bouche comme pour dire quelque chose mais aucun son ne sortait. Et qui l'aurait écouté ? Charlie Sparks connaissait Mary, sa princesse, son étoile, son diamant, depuis si longtemps. Il refusait de croire qu'elle avait pu se fendre d'un geste d'une telle violence. Quelle mouche l'avait piquée ? De tous les animaux, et en dépit de sa taille gigantesque, d'humeur débonnaire et égale, elle était assurément le plus doux, le plus tendre, le plus affable que le cirque eût jamais possédé. Et s'il lui arrivait parfois de se montrer capricieuse, de renâcler, elle n'avait pas mauvais fond, et n'avait jamais cédé au plus traître accès de violence ou de fureur.

Il fallait donc que Red, cet individu autoritaire, fort de son bon droit, mais un brin colérique, l'eût mise hors d'elle pour qu'elle se comportât ainsi et l'envoyât voler dans les airs. Charlie Sparks ne voyait pas d'autre explication. Ses employés, toujours agglutinés tout autour de Slim et de Blackie ainsi que de grosses mouches bleues, ne dirent rien devant le directeur, ne souhaitant pas en rajouter. Mais quand il eut tourné le dos pour questionner Red, demeuré à l'écart, seul, assis sur une caisse en bois face à l'enclos des éléphants, chacun se lâcha.

Charlie Sparks l'ayant abandonné, Red demeura un long moment songeur. Il en avait pris un sacré coup, et sa dignité aussi. Dieu tout-puissant et bon sang de bois ! Il n'avait pas souvenir d'avoir un jour été autant secoué au cours de toute sa fichue existence. Dans sa vertigineuse chute, un pan de sa veste s'était déchiré, et ses pantalons avaient été troués aux genoux. Moulu, la tête baissée, un œil poché, l'autre exorbité, le visage défait, la lèvre fendue, le menton tuméfié, les poings serrés, il se leva et s'approcha de l'enclos. « Maudite bestiole… attends un peu… », maugréa-t-il entre ses dents, le souffle court, la face empourprée, plus rouge que sa tignasse, tout en continuant de frotter du revers de sa main valide son corps endolori. Dans son enclos, Mary, les oreilles battant l'air comme pour s'éventer, la trompe gigotant, dansant, allait et venait au milieu de ses congénères avec une nonchalance dont on aurait pu aisément croire qu'elle était savamment étudiée s'il ne s'était agi d'une éléphante.

Tout en fixant Mary de ses yeux jaunes zébrés de nervures carmin, Red acheva de frotter ses vêtements, imbiba un mouchoir d'eau, tamponna ses plaies, se nettoya le visage, avant de se regarder dans un morceau de miroir pour apprécier le résultat. Il avait toujours aussi horriblement mal mais il était presque présentable. Cela tombait à pic car les spectateurs commençaient à arriver de la ville, des bourgades voisines et des environs, certains des coins les plus éloignés du comté, les plus fortunés en voiture, les autres en carriole, à cheval ou à pied en coupant à travers champs.

Un cirque dans un comté comme celui de Sullivan, ce n'était pas chose courante. C'était sans doute même la première fois qu'un cirque s'aventurait jusque-là, grâce à cette merveille de technologie, de puissance et d'acier qu'était cette formidable machine que les Peaux-Rouges nommaient le cheval de fer. Les gens du pays ne voyaient pas tous les jours des lions, des girafes, des éléphants, des singes. Aussi y avait-il beaucoup de monde en ce début de soirée pour assister à la seconde représentation du jour, et la recette promettait-elle d'être fameuse.

Les gens du pays s'étaient habillés comme pour se rendre à l'église. Les hommes avaient revêtu leurs pantalons côtelés, une chemise propre et une veste malgré la chaleur encore suffocante qui les faisait suer sous leurs chapeaux et s'essuyer le front avec d'épais mouchoirs. Les femmes avaient sorti leurs plus belles toilettes, des robes dans des tons sombres, leurs coiffes d'ordinaire dédiées aux jours d'office, et ces ombrelles qu'elles n'avaient presque jamais l'occasion d'arborer. Couraient partout en criant, avec leurs habits d'écoliers trop courts et élimés, des myriades d'enfants dont certains étaient venus très tôt, pour être les premiers à entrapercevoir les animaux de la ménagerie. Plusieurs d'entre eux étaient là quand les éléphants étaient rentrés, et ils avaient vu les gens du cirque entourer Mary et s'affairer autour de Red et de Slim. Tout en achevant de nettoyer ses plaies, Red fixait Mary. Elle ne payait rien pour attendre ; cette humiliation lui coûterait cher.

Lorsque huit heures sonnèrent au clocher de la petite église de Kingsport, le soleil, orangé sur un fond mauve, apparaissait encore à l'horizon, comme posé à flanc de colline. La chaleur s'était faite moins ardente ; l'air était devenu supportable.

Le spectacle débuta comme toujours avec l'entrée en scène des girafes qui soulevèrent les premiers applaudissements, se poursuivit avec les singes, et un numéro très au point, qui déclencha l'hilarité des enfants, lorsque Boon et Lycurgus, grimés en barbiers, recouvrirent de mousse les poils roux du vieil orang-outan et prétendirent le raser, croyant avoir affaire à un honnête client, avant de feindre de s'apercevoir, effarés, qu'il ne s'agissait que d'un gros singe ventripotent. Les bambins s'esclaffèrent du début à la fin du numéro et leurs parents, redevenus un temps des enfants, n'y résistèrent pas. Puis, après que leurs dresseurs eurent fait accomplir quelques tours à leurs chimpanzés avec des cerceaux, Raimondo Raimondi et ses lions, César et Cléopâtre, firent leur entrée avec majesté. Malgré les réactions du public, on entendait leurs féroces rugissements jusqu'au-dehors. C'était lorsque les lions pénétraient sur la piste que Slim et Red se tenaient, eux, prêts à faire leur entrée pour le clou du spectacle.

Au moment d'entrer en scène, Red s'était saisi de sa trique et, placé juste derrière Mary malgré les objurgations de Slim, qui ne cessait de marmonner entre ses dents : « Tu devrais pas, Red… Tu devrais pas… », Red l'avait ignoré et d'un geste lui avait intimé l'ordre de la boucler. Chaque pas, chaque geste lui arrachait de terribles souffrances. Dans ses veines saillantes, son sang battait à tout rompre. La douleur était insoutenable. Sous le tapage d'une foule chauffée à blanc que les singes et les lions avaient portée au délire, les cinq éléphants, la majestueuse Mary en tête, entrèrent sur la piste tapissée de sciure de bois. Sous le chapiteau, l'air était chaud, étouffant, irrespirable. Les girafes, les singes, les lions avaient fait forte impression sur les spectateurs, mais les éléphants… Le plus gros animal vivant sur Terre se dressait là, sous leurs yeux et devant leurs mines réjouies, leurs bouches ouvertes. Combien ces bêtes mesuraient-elles ? Six pieds ? Sept ? Huit ? Mary, la grande vedette de la troupe, devait bien approcher les dix pieds. Pour sûr. Combien ces bêtes pesaient-elles ? Six mille livres ? Huit mille ? Dix mille ?… Chacun y allait de son avis.

Après être entrés sous le chapiteau en file indienne, les éléphants firent le tour de la piste, s'attirèrent les faveurs et considérations du public, qui leur était déjà tout acquis, en effectuant un salut digne des grands artistes de music-hall, se dandinèrent d'une patte sur l'autre, s'alignèrent comme à la parade, se hissèrent sur leur tabouret, tournoyèrent sur eux-mêmes. Durant tout le temps qu'ils exécutèrent leurs tours, Slim et Red veillèrent à ce que tout se déroulât à la perfection.

Depuis l'instant où les éléphants étaient entrés en piste, Red n'avait cessé de frotter la croupe de Mary de sa trique, lui assénant de petits coups, toujours avec un peu plus de vigueur, un peu plus de colère, un peu plus de haine. D'ordinaire, Mary s'exécutait avec grâce et célérité. Ce jour-là, soit que la chaleur l'incommodât, soit qu'elle ressentît encore la douleur des coups reçus, elle obtempéra avec un peu plus de temps que de coutume. Cette lenteur que Red jugea exaspérante et qu'il attribua aussitôt à de la mauvaise volonté le fit alors exploser de colère. La bête tapie en lui se réveilla. La tête lui tourna, le sang lui monta au visage, ses tempes bourdonnèrent. « Maudite... vas-tu donc t'asseoir... », grommela-t-il, tout en s'approchant d'elle, la trique à main, lui administrant avec une force prodigieuse un coup sec sur le sommet du crâne. Mary se tordit, se cambra, se redressa et retomba pesamment sur ses pattes, comme prête à se ruer droit devant elle, sur la foule. Red frappa de plus belle, un coup bien ajusté juste derrière les oreilles.

Où précisément la trique atteignit-elle Mary ? Comme si elle avait été touchée de plein fouet par une balle de chasse de gros calibre ou si l'on avait transpercé son épaisse peau à l'aide d'une lance, Mary poussa un barrissement qui fit se dresser des cheveux sur les têtes, se leva, demeura un instant en arrêt, puis retomba lourdement sur ses pattes et, après avoir poussé un autre barrissement déchirant qui retentit ainsi qu'un hurlement de douleur, entoura de sa trompe le trop sûr de lui Red et, après l'avoir soulevé dans les airs à quinze pieds tandis qu'il se débattait en vain, secouant ses bras et ses jambes graciles, le projeta sur le sol avec plus de force et plus de colère que la première fois.

Et avant que Red, qui avait de nouveau mordu la poussière, qui avait de la sciure et des copeaux de bois plein les narines et la bouche, pût se relever et fixer l'éléphante au tréfonds de ses minuscules yeux noirs emplis de colère et de haine, Mary fonça droit sur lui, posa une patte sur sa tête et la broya de tout son poids. L'écrasement de la tête de Red produisit le bruit sec d'une pastèque qui éclate.

IX

« À MORT ! À MORT L'ÉLÉPHANT TUEUR ! »

Après un bref instant de stupéfaction, quelques secondes durant lesquelles chacun, sous le coup de la surprise, avait retenu son souffle, et après qu'un frisson d'émoi eut parcouru tout le public médusé, un cri retentit, puis un autre, puis un autre encore suivi de dizaines d'autres pour former une infernale cacophonie, avant que, dominant la clameur, on entendît assez distinctement ceci : « À mort ! À mort l'éléphant tueur ! À mort Mary ! À mort ! » Et les cris continuaient, et tous ces hurlements réclamaient la même chose : la mise à mort de l'éléphant tueur.

Mais ce furieux concert de vociférations n'était pas retombé, ne s'était pas atténué, n'avait pas faibli que, des gradins du haut, cinq coups secs claquèrent aussitôt suivis d'autant de détonations : CRACK, CRACK, CRACK, CRACK, CRACK. Tous les visages qui s'étaient retournés aperçurent de la fumée qui s'échappait du canon du colt de Hench Cox, un solide gaillard, forgeron à Kingsport. Devant l'agitation extrême de Mary et la confusion qui avait pris le pas sur les nerfs des femmes et des enfants, l'homme avait tiré son colt de son ceinturon et fait feu sans ciller en direction du pachyderme.

Quand la fumée se fut dissipée, les spectateurs déchaînés, dont les regards éperdus étaient passés de Hench Cox à Mary immobile au centre de la piste, attendaient, suspendus entre curiosité et entrain, de la voir tituber, fléchir et s'effondrer. Toutefois, il n'en fut rien. Malgré les impacts de balle et l'insoutenable douleur, Mary ne faiblit pas, ne chancela pas, ne s'écroula pas. À la vérité, ce fut tout juste si elle tressaillit. Voyant cela, d'autres bons et honnêtes citoyens avaient tiré leurs colts et s'apprêtaient à leur tour à faire feu lorsqu'une voix puissante fracassa net leur élan.

« Arrêtez ! Arrêtez ! Sa peau est trop épaisse ! Vous ne la blesserez pas ! »

C'était Charlie Sparks qui, le visage décomposé, les bras levés, tentait désespérément de ramener le calme dans le chaos et la terreur qui avaient brutalement fait irruption sous son chapiteau.

Toutefois, la fureur qui s'était emparée de Mary était retombée avec l'objet de sa colère, avec la même rapidité avec laquelle elle avait explosé et, sa rage passée, redevenue raisonnable comme par enchantement, elle était apaisée, calme, presque placide et indifférente aux hurlements hystériques de la foule qui s'était remise à crier : « À mort ! À mort l'éléphant tueur ! À mort Mary ! » Une voix s'éleva plus fort que toutes les autres, qui cria : « À mort Mary la meurtrière ! »

Pour éviter que Queen et Topsy, entraînant Ollie et Mutt, cèdent aussi à la panique, Flipp, Boon,

« À mort ! À mort l'éléphant tueur ! »

Lycurgus, le nain Isidore et plusieurs Tchécos investirent la piste, rassurèrent les bêtes, puis se hâtèrent de les mener dans leurs wagons, loin des cris de haine proférés par la foule.

Du sang, des bouts de cervelle, de petits morceaux d'os crânien et des cheveux rouges emmêlés poisseux de sang étaient accrochés tout autour de la patte de Mary. Ce qu'il restait du corps de Red, allongé en croix, gisait, inerte. À la place de sa tête de mule et de sa chevelure rouge était une bouillie, de la charpie, un mélange de sciure, de sang et de cervelle.

Son accès de fureur passée, ses minuscules yeux noirs ayant retrouvé leur éclat brillant, Mary, que continuait de rassurer Slim, était calme, sereine, si calme que l'on aurait eu peine à croire que c'était elle qui, quelques minutes plus tôt, avait écrabouillé la tête d'un homme après l'avoir balancé dans les airs.

Ce fut ce moment, ce moment précis que choisirent les spectateurs pour en appeler à la justice. Plusieurs bons et honnêtes citoyens de Kingsport, des notables, des planteurs, des aigrefins des villes, hameaux et domaines voisins, mais aussi et surtout des butors, des hâbleurs, des bélîtres, des fiers-à-bras, des fanfarons, des filous, des fripons, des coquins, des marouffles, descendirent sur la piste pour demander des comptes à Charlie Sparks. Tous en étaient d'accord : ce Red, ce misérable qui avait fini la tête en bouillie était sans doute un vaurien, un hargneux, un querelleur, qui eût connu une fin tragique dans d'autres circonstances si ce n'eut été celle-là. Mais c'était au Créateur, à l'auteur de nos jours d'en décider, et non pas à une bête furieuse qui, si elle était maintenant inoffensive, tout ce qu'il y avait de plus pacifique, n'en avait pas moins tué un homme d'un seul coup de patte quelques instants plus tôt.

Un homme en noir, un révérend, avec un collet et un de ces visages effrayants, un visage de croque-mort, dont on se demandait ce qu'il était venu faire là, parla de crime et, d'une voix caverneuse, invoqua la loi divine, les lois de l'État du Tennessee, les édits du comté de Sullivan et les ordonnances municipales, avant de s'emporter, le doigt levé : « Sachez-le aussi, je demanderai compte du sang de chacun de vous, j'en demanderai compte à tous les animaux et à l'homme [...] » (Gen., 9 : 5). La loi biblique ne prévoyait-elle pas un jugement contre un animal ayant commis un crime de sang ? « Si un bœuf frappe de ses cornes un homme ou une femme, et que la mort en soit la suite, le bœuf sera lapidé, sa chair ne sera point mangée, et le maître du bœuf ne sera point puni » (Exode, 21 : 28), poursuivit l'homme en noir de sa voix sourde de récitant. Il était question d'un bœuf. La loi s'appliquait-elle aussi à un éléphant ?

Charlie Sparks lui répondit. Mary ne savait pas ce qu'elle avait fait ; elle ignorait qu'elle avait commis un crime au regard de la loi de Dieu et de celle des hommes. Une voix angoissée s'éleva : un éléphant était-il doué d'une âme ? « L'âme de la chair est dans le sang » (Lév., 17 : 11), répliqua l'homme en noir de sa voix sépulcrale. C'était une question étrange, incongrue, insignifiante ; c'était comme demander si les nègres aussi étaient pourvus d'une âme. Dans le poème de la Création, Dieu avait accordé la sagesse à défaut d'une âme à quelques animaux, mais pas à tous. Il leur avait inculqué la crainte et le respect de l'homme. Le sinistre révérend voulut de toutes ses forces poursuivre mais on le rabroua vertement. Âme ou pas, un homme était mort, un homme et non une bête ou un nègre, un homme qui ne méritait pas de mourir la tête écrasée sous la patte d'un éléphant : sa meurtrière devait répondre de ses actes.

Charlie Sparks soupira. Sommé de se justifier, il s'expliqua donc. Le bouillonnant Red avait frappé trop durement Mary ; ce bougre méritait un peu, somme toute, sa destinée funeste. Mary était la seule et unique vedette du Sparks World Famous Shows Circus. Sa valeur se chiffrait en milliers de dollars ; elle valait une fortune… vingt mille dollars – au bas mot. Et il ne cessait de répéter cette somme – vingt mille dollars… vingt mille dollars… vingt mille dollars… – en jetant çà et là des yeux furibonds à tous les visages aux regards chargés d'hostilité, de colère et de haine qui le cernaient, l'oppressaient, l'acculaient, lui coupant toute issue, toute retraite, toute échappatoire. Vingt mille dollars… ce n'était pas rien.

Comme il apparut vite évident que Charlie Sparks n'était pas décidé à coopérer, que les bons et honnêtes citoyens commençaient à perdre patience et à montrer de clairs signes de lassitude, les notables résolurent d'agir. Charlie Sparks pouvait refuser *mordicus* que l'on réglât son compte à sa princesse, son diamant, son étoile, défendre qu'on l'approchât, donner l'ordre de lever le camp *illico* et disparaître à l'autre bout du pays ; elle lui appartenait, c'était son droit, son bon droit. Mais chacun – et de cela il pouvait avoir l'assurance –, chacun userait de son influence, de son entregent, de son pouvoir – aussi minime fût-il – pour que les représentations prévues les jours suivants dans les villes, localités et bourgades du comté et dans celles des comtés voisins, toutes les représentations, soient annulées.

Sa princesse, son diamant, son étoile ne perdrait pas la vie, mais il ne se trouverait pas avant longtemps un hameau pour les accueillir lui, son cirque et Mary, désormais Mary la meurtrière. On lui retirerait sans doute l'autorisation de produire des éléphants. Et quel cirque pouvait raisonnablement s'offrir le luxe de nourrir des éléphants dont il ne tirerait aucun profit ?

Tandis que Slim tenait Mary à l'écart et que les notables, planteurs, métayers et autres gens d'importance de Kingsport et des bourgades environnantes encerclaient Charlie Sparks, qu'ils l'assaillaient, ils lui firent entrevoir l'autre éventualité. Cette éléphante valait sans doute vingt mille dollars, « au bas mot », s'il le disait. Et sans aucun doute, ne vaudrait-elle plus rien une fois morte. Hélas, les charges étaient écrasantes ; il n'y avait d'autre issue que de l'exécuter sans délai. Le cirque pourrait poursuivre sa tournée des petites villes et le spectacle continuer. Et n'était-ce pas là le plus important après tout ?

Charlie Sparks fronça les sourcils, se frotta l'occiput et acquiesça à contrecœur. Il n'aurait pas le dernier mot avec de tels péquenots. Le cœur vide, il consentit donc à ce que Mary, qu'il avait connue alors qu'elle n'était qu'un bébé pour ainsi dire, qu'il avait nourrie au biberon, qu'il avait vue grandir, fût exécutée en public. Pour gagner définitivement ses faveurs, on lui fit entendre que ce pouvait être un spectacle, et un spectacle « moral et instructif ». La voix étranglée, Charlie Sparks rendit les armes. « Qu'il en soit ainsi », dit-il seulement.

La décision d'exécuter Mary actée, ainsi que l'on acte parfois les choses dans le Sud, avec des regards entendus sur un silence pesant, restait à s'entendre sur la façon de le faire.

« Si on lui tirait dessus tous ensemble à bout portant avec nos colts et nos carabines ?, lança un nabot à tête de rat musqué, un peu à la façon d'une ligne jetée dans l'eau d'une rivière.

— Non seulement vous ne serez pas sûrs de la tuer en vidant sur elle vos armes tous autant que vous êtes, mais avec le boucan, elle décamperait et filerait à l'autre bout du comté avant que vous ayez eu le temps de seller vos chevaux…, souffla Charlie Sparks, usé.

— Des bâtons de dynamite ? On pourrait lui tresser une ceinture de bâtons. Elle aurait pas le temps de ficher le camp…, enchaîna un échalas aux cheveux jaunes.

— Et qui ramasserait avec les doigts les morceaux projetés dans toute la ville, idiot ?… Toi ?, l'interpella un fermier flanqué d'une carcasse de vieille rosse.

— Et puis ce ne serait pas une fin digne d'elle… », glissa Charlie Sparks.

Le bougre, qui pensait réellement avoir eu une idée de génie, baissa la tête et ravala sa salive.

Un escogriffe qui s'était senti pousser des ailes proposa de lui servir une pâtée mêlée de cyanure. Slim objecta que les éléphants avaient le nez fin, qu'elle suspecterait aussitôt la présence de poison. Un dadais suggéra de lui écraser la tête à coups de masse ou à tout le moins de lui séparer la tête du tronc. Toutefois, l'une comme l'autre opération exigeaient des outils que l'on n'avait pas sous la main et, dans tous les cas, il eût fallu que la bête fût immobilisée. Or nul ne voulait finir dans le même état que Red, la tête aplatie comme une galette.

« Et pourquoi pas avec une locomotive ? », lança une voix pleine d'assurance. Une locomotive ? Quelle idée… Qui diable avait bien pu avoir une idée pareille ? L'homme s'avança. C'était un notable, un pied-tendre, reconnaissable entre tous à son veston et à son chapeau d'un blanc immaculé, et à ses manières, trop précieuses pour quelqu'un du pays, venu tout exprès de Rogersville dans le comté voisin de Hawkins pour assister à la représentation. Il n'y avait pas toujours vécu. Originaire de l'Ontario, ses affaires l'avaient amené à s'établir là. Et c'était dans l'Ontario précisément que, vingt-sept ans… non, vingt-huit ans plus tôt, un éléphant avait été percuté par un train lancé dans toute la puissance de ses machines. Les circonstances de cet accident hors du commun, de cette rencontre improbable, étaient confuses. Les raisons de la présence de cet éléphant sur ce bout de voie n'étaient pas claires. Les journaux de l'époque en avaient beaucoup parlé, en Ontario, mais aussi à New York, Chicago et San Francisco. L'homme prenait à témoin ses voisins dans la force de l'âge, cherchant une mémoire fidèle qui eût pu corroborer ses dires. Mais cette histoire n'évoquait rien pour personne.

Ces pieds-tendres… Ils ne savaient jamais quoi inventer pour se singulariser, se distinguer de la masse ! Un éléphant percuté par une locomotive… On aurait tout entendu ! Pourtant, il ne s'agissait pas de fadaises ou de contes destinés à moquer et railler les gens du Sud. L'histoire était hélas tristement réelle.

Charlie Sparks connaissait la tragique destinée de cet animal, de ce descendant lointain des foudroyantes armes de guerre d'Hannibal Barca, de cette force de la nature qui, en son temps, avait été sans nul doute l'éléphant le plus célèbre du monde. C'était un éléphant qui avait été capturé en Abyssinie, chez le Négus, un an après qu'il eut quitté le ventre de sa mère, puis envoyé en présent au Jardin des Plantes à Paris. Sa mauvaise santé avait été cause de son échange hâtif contre un rhinocéros du zoo de Londres sans qu'à Paris, on comprît très bien pourquoi. Il faut croire que ces messieurs les Anglais surent mieux s'y prendre que ces messieurs les Français. Le soigneur qui fut attaché à l'éléphanteau le nomma Jumbo – qui signifie « bonjour » en swahili –, et le soigna et l'éleva avec tant d'amour que, devenu un bel éléphant, il fit des années durant le bonheur des bambins qu'il promena sur son dos, jusqu'à la progéniture de la reine Victoria. Avec le temps cependant, renâclant à la tâche, disputant sa pitance aux rats, se querellant avec ses pareils, l'animal devint maussade, ombrageux, puis colérique, ne se laissant plus approcher que de son seul soigneur et maître. Aussi ce dernier, un brin désemparé, eut-il une idée peu commune – que lui passa-t-il donc par la tête ? – ; il lui fit ingurgiter de la bière et du scotch par *gallons* pour qu'il se tînt coi. Cela dura un temps. Puis, de nouveau, Jumbo ne se laissa plus approcher. Et ce fut tandis que le directeur du zoo, homme impatient et pragmatique, projetait toutes affaires cessantes de le faire abattre, que Phineas Taylor Barnum, dont la renommée du cirque du même nom s'étendait bien au-delà des frontières de l'Amérique, proposa de le lui racheter et lui offrit un prix qu'il ne pouvait refuser. Bien qu'en Angleterre, sa vente déclencha une vague d'indignation ainsi qu'un scandale, accompagné de son soigneur et, loin de ces histoires d'humains, Jumbo traversa l'Atlantique et rallia New York où il reçut un accueil triomphal avec fanfare, parades, cotillons et confettis. Après être demeuré quelques mois à

New York, Jumbo partit en tournée dans tout le pays, se produisant, à ce qu'estima un savant, devant plus de vingt millions de spectateurs et rapportant à Phineas Taylor Barnum la bagatelle de cinquante fois ce qu'avait représenté son investissement ! C'était alors que le cirque sillonnait l'Ontario que l'accident se produisit. Franchissant une voie de chemin de fer à une intersection, Jumbo avait été percuté de plein fouet par une locomotive. Couché sur la voie, les membres désarticulés, il avait ahané de longues et interminables minutes avant d'expirer enfin. Des quidams, se disant témoins de la scène, avaient conté que Jumbo s'était déporté sans raison sur la voie, d'autres, supputant la chose, qu'il s'était placé au-devant d'un éléphanteau rêveur pour le protéger. De mauvaises langues allèrent jusqu'à colporter d'insupportables ragots, que Phineas Taylor Barnum avait lui-même orchestré cet accident pour n'avoir pas à rendre de comptes auprès de l'American Society for the Prevention of Cruelty to Animals sur la façon dont ses animaux étaient traités. Mais les jaseurs inventent tant de fables…

Dans l'esprit tordu de ces justiciers d'un jour, l'idée de la locomotive avait fait son chemin. Pourquoi pas, après tout ? Si la machine tirait à pleine puissance, Mary la meurtrière ne souffrirait pas, ou presque pas, et qui sait, avec un peu de chance, elle serait peut-être même tuée sur le coup. Un fermier sanglé dans une salopette, avec une gueule béante ainsi que Béhémoth, surenchérit et proposa qu'on la ligotât sur la voie et qu'on la fît percuter par deux locomotives lancées à pleine vitesse.

Un murmure d'approbation parcourut l'assistance ; c'était une idée lumineuse. Mais le maire de Kingsport, un gringalet ratatiné et nerveux dont un neveu occupait un poste en haut lieu à la Carolina, Clinchfield and Ohio Railway, objecta que la compagnie refuserait d'engager deux de ses machines. À coup sûr. Il argua, avec raison, que cela occasionnerait de sérieux dégâts sur les voies, dégâts que la ville devrait payer et c'était hors de question. À contrecœur, on y renonça donc.

Un nigaud tout aussi fripé qui lui ressemblait comme deux gouttes d'eau – un frère ou un cousin – suggéra que l'on démembrât Mary vivante, en liant ses membres à deux locomotives lancées à pleine vitesse dans des directions opposées. Mais de nouveau, invoquant son rond-de-cuir de neveu, le maire renâcla. Outre que cela pouvait aussi endommager les machines, cela ne réglait pas le cas des dégâts et des morceaux éparpillés à ramasser sur la voie. On fut donc aussi contraint de renoncer à grand regret à ce beau mode d'exécution.

L'affaire, qui s'annonçait simple, s'avérait en réalité bien plus compliquée à mettre en œuvre qu'il ne le paraissait. Bien que s'étant montrés plein de ressources jusqu'alors, les citoyens se tenaient cois, fixant le bout de leurs souliers, dévisageant Sparks, maudissant ce maire incapable avec son pistonné de neveu et ses fichus scrupules.

« On pourrait-y pas utiliser le courant ? », lança une voix égrotante, soudain surgie du silence.

« À mort ! À mort l'éléphant tueur ! »

Le courant, l'électricité, la foudre pour exécuter une éléphante, quelle idée ! Mais après tout, pourquoi pas ? C'était une idée singulière, mais pas inédite. Celui qui l'avait lancée, un rupin au faciès de goupil, avait souvenance d'avoir lu autrefois dans un journal un papier qui rapportait comment une éléphante avait été exécutée avec une charge de courant.

Elle s'appelait Topsy. C'était une éléphante d'Inde qui avait écumé tous les États-Unis du nord au sud et de l'est à l'ouest pour le compte du Forepaugh Circus et que le directeur avait achetée pour une bouchée de pain à un cirque en faillite. Il se racontait que parce qu'elle avait causé la mort de deux hommes au Texas, elle avait été vendue aux deux promoteurs du Luna Park de Coney Island où elle aurait dû paisiblement finir ses jours. Mais son dresseur, un homme malingre aux yeux vides porté sur la bouteille, un jour qu'il avait trop bu, voulut voir tout New York, la cité de verre et d'acier, au pas de course, juché sur son dos. Bien mal lui en prit. Terrifiée par les cris de son maître, apeurée dans un environnement qui lui était étranger, Topsy sema la zizanie et provoqua une belle pagaille. Un an plus tard, elle massacrait un de ses soigneurs, un autre Red, qui avait eu l'idée saugrenue de vouloir lui faire avaler une cigarette allumée – pour rire… On blâma l'homme plus que l'animal, mais rien ne fut oublié ni pardonné ; Topsy fut condamnée à mort.

Pour l'exécuter, Frederick Thompson et Elmer Dundy, les pragmatiques promoteurs du Luna Park de Coney Island, proposèrent de la pendre. Cependant, ayant eu vent de la chose, l'American Society for the Prevention of Cruelty to Animals les prit de court et s'y opposa mordicus.

En ce temps-là, en Europe, la guerre faisait rage dans les tranchées. En Amérique, une tout autre guerre sur un tout autre front faisait aussi rage, qui engageait à leur insu les destinées de toutes les générations futures, entre les partisans du courant continu et ceux du courant alternatif, entre Nikola Tesla et Thomas Alva Edison. Ces génies – car c'étaient deux génies – ambitionnaient tous deux de révolutionner la marche du globe, de la terre Adélie au Groenland, de la Patagonie à l'Oural, via la distribution du courant, mais chacun à sa manière. Dans cette guerre sans merci et à cette occasion, Thomas Edison prit un avantage certain en proposant que l'on exécutât l'animal avec du courant alternatif, afin d'apporter la preuve ultime de sa dangerosité, dans le dessein d'édifier les masses. L'idée, fameuse, géniale, fut adoptée. Et Topsy, tout harnachée, ignorante de son sort funeste et de sa mort proche, traversée et foudroyée par 6 600 volts, s'effondra au bout de quelques secondes, après que les chairs de ses pattes eurent commencé de se consumer, dégageant une épaisse fumée en même temps qu'une odeur nauséabonde de cacahuètes grillées, de celles qui se vendaient alors deux cents le sachet à la criée.

Plusieurs clichés saisirent l'instant : Thomas Edison posant au-devant de Topsy dont le corps foudroyé fumait encore. L'exécution fit les manchettes des journaux, mais il y avait mieux. Homme ingénieux et plein de ressources, Thomas Edison avait fait immortaliser la scène grâce à un appareil de son invention : un kinétographe qui, plus tard, s'avérerait être un si redoutable concurrent pour les cirques itinérants que plus d'un ne s'en remettrait pas. À l'issue de cette spectaculaire démonstration, Thomas Edison se déclara satisfait et soutint que l'expérience avait apporté la preuve irréfutable de l'extrême dangerosité du courant alternatif par rapport au courant continu. Longtemps il s'était raconté que la tension avait chuté de manière brutale dans tout le comté durant les quelques secondes qu'avait duré l'exécution.

L'histoire était édifiante, sidérante même. Ces Yankees… ils n'étaient jamais à court d'idées. Et il fallait toujours qu'ils se singularisent. Peut-être était-ce aussi de là que provenait ce petit air si supérieur qu'ils ne pouvaient se retenir d'afficher quand ils étaient en présence de gens du Sud. Le courant avait été acheminé avec succès jusqu'au fin fond du Tennessee, mais le voltage demeurait encore bien trop insuffisant pour exécuter un éléphant. Et puis Charlie Sparks insistait pour que ce fût une exécution propre. Avec le moins de sang, de souffrances pour Mary et le moins de désagréments pour la foule.

« Pourquoi qu'on n'la pendrait pas ? »

C'était une voix de crécelle sortie d'un corps étique de volaille qui avait émis cette nouvelle idée. « La pendre ?… La pendre !… Oui ! la pendre ! » Elle fit si vite son chemin qu'elle eut tôt fait d'emporter l'approbation enthousiaste de tous. D'autant plus que l'on était dans le Sud. Pendre, on savait faire ! Rien que pour l'année, on avait déjà fait gigoter dans les airs un paquet de nègres ! On ne les comptait plus ! On n'était pas aussi sophistiqué qu'à New York, chez les Yankees, où l'on employait la foudre, l'électricité, le courant... alternatif ou continu... avec tout ce que cela comportait d'aléatoire, d'improbable, de technique, de diablement compliqué ou tarabusté pour réaliser une chose aussi simple, après tout, qu'une exécution. Ce n'était pas pour rien que les gens du Sud surnommaient ceux du Nord les « pieds-tendres ». Et puis ici, au fin fond du Tennessee, parce que le Ku Klux Klan les *terrifiait* – il n'y avait pas d'autre mot –, les gens de l'American Society for the Prevention of Cruelty to Animals ne viendraient pas fourrer leur nez ou leurs sales pattes dans leurs affaires. Et pour finir, que connaissaient-ils aux bêtes, ces rupins ? Rien. Absolument rien.

Il fut donc convenu entre tous ces braves gens que la façon la plus propre d'exécuter Mary la meurtrière était de la pendre, de la brancher, à l'ancienne. Ce fut alors que, presque aussitôt, un autre dilemme, et pas des moindres, se présenta. Comment diable allait-on s'y prendre pour pendre ce fichu pachyderme qui mesurait quelque chose comme neuf pieds et pesait pas moins de dix mille livres ?

Il y a tant de façons de pendre un homme... La plus commune, la plus traditionnelle, la plus festive, consiste à dresser une belle potence, à monter de solides tréteaux à quelques pieds du sol, avec une trappe que l'on actionne à l'aide d'une poignée, et puis trois épais morceaux de bois, deux pour la potence elle-même, et le troisième pour l'étayer. On fixe un anneau pour la corde. Une corde d'une solidité à toute épreuve. La meilleure. Surtout pas de babiche ou de cette corde de jute servant à lier les balles de coton. On ne dénombrait plus le nombre de pendaisons qu'il avait fallu recommencer parce que la corde, usée, trop vieille, pas assez solide, avait rompu – du sale boulot. Il y a aussi une manière particulière de réaliser le nœud. Un nœud mal fait, et le misérable pouvait rester suspendu des heures avant de rendre son dernier soupir.

Parfois, le bourreau ou les justiciers accrochaient un sac de grains aux pieds du condamné afin que le poids étende le corps de tout son long et que la corde brise sa nuque d'un coup en produisant un claquement, ainsi qu'un morceau de bois sec que l'on casse en deux, comme ça : CRACK. Cela abrégeait les souffrances, la mort était instantanée, mais surtout, de l'avis des habitués, il n'était pas de claquement plus doux, plus délicieux, que celui de la nuque qui se brisait sous la tension de la corde. Il se racontait que le bourreau du proche comté de Jefferson, homme robuste, détaché et insensible s'il en était, qui comptait à son actif des dizaines d'exécutions, sentait les larmes lui monter aux yeux chaque fois qu'il entendait ce claquement.

Sans dresser de potence, et sur un plan strictement technique ou pratique, un point élevé suffisait à l'affaire. À Greensboro, un nègre avait été lynché à un balcon. Parce qu'il avait fallu faire vite avant que le shérif ne débarque et s'avise de mettre le nègre sous les verrous pour qu'il soit jugé, la décision avait été prise par la foule de le brancher au beau balcon verni du *saloon*. Ligoté après avoir été bien tabassé, on lui avait passé sans cérémonie une solide corde autour du cou et on l'avait jeté du balcon. Au-dessous de lui, Miles Vos, un gros fermier avec une glotte de dindon, s'était accroché à ses jambes pour être sûr qu'il y reste. Un craquement avait retenti comme si tout le corps se disloquait, un craquement tel que la foule qui jurait, hurlait et vociférait s'était tue d'un coup d'un seul. Cela n'avait pas duré plus de dix minutes ; tout était fini depuis un bon moment et la foule se dispersait quand le shérif et son adjoint avaient fait irruption sur la place.

Le plus souvent, un arbre avec des branches épaisses, noueuses, à six pieds du sol, suffisait. On n'avait alors plus besoin que d'une corde. C'était de là que provenait l'expression « brancher » quelqu'un. Il se racontait que les trois frères Ross – Caleb, Butch et Willie – de la graine de vaurien, qui devaient plus tard finir leurs pitoyables petites existences, les deux premiers dans des rixes, le troisième à la potence, avaient un soir, entre chien et loup, volé un cochon au fermier Hank Jones. Un beau cochon rose que son fiston, un demi-demeuré, nourrissait avec tendresse. La nuit même, pour se désennuyer, pour le plaisir d'accomplir une noire action, pour voir ce que cela faisait, ou les trois à la fois, les trois larrons l'avaient branché dans les bois. Lorsque le cochon avait été retrouvé, versé dans un fossé, la couenne à demi dévorée par les loups, les yeux exorbités, la langue pendante, il portait de profondes traces de corde imprimées tout autour du cou. Cependant, bien que mis sur le gril par le shérif et confrontés à Hank Jones, les trois raclures de frères n'avaient jamais rien voulu avouer et l'affaire en était restée là, faute d'aveux.

Cela pour dire que pendre était véritablement un art qui n'avait rien de compliqué si on savait comment s'y prendre. Mais pendre un éléphant de neuf, dix mille livres, c'était tout de même une tout autre affaire que de lyncher un nègre ou de brancher un cochon.

« Y aurait p't-être une solution... », commença un homme que la nature avait affligé d'un regard débile et d'une affreuse face de rongeur. Et comme ceux qui étaient massés là étaient suspendus à ses lèvres, il se sentit la force de poursuivre. « Y a à Erwin, à une trentaine de miles d'ici, à la station de la Clinchfield Railroad, une grue gigantesque... »

Plusieurs têtes opinèrent du chef. C'était vrai. Maintenant que ce freluquet aux oreilles de musaraigne l'avait dit, il y avait bien à la station de la Clinchfield Railroad en bordure d'Erwin dans le comté voisin d'Unicoi, une gigantesque grue tout en acier, la plus robuste que l'on eût jamais vue dans le comté, dans l'État, dans le Sud et peut-être même dans tout le pays, que la compagnie employait pour charger et décharger les wagons de marchandises sur les plateformes. Erwin n'était qu'à une bonne heure de route de Kingsport au travers des collines verdoyantes ; une balade en somme. Tous approuvèrent et congratulèrent avec chaleur l'homme à la face de rongeur pour y avoir songé. On pouvait même acheminer Mary la meurtrière en wagon par la ligne ferroviaire qui reliait directement Kingsport à Erwin.

Cependant, Mary avait tué à Kingsport dans le comté de Sullivan ; ne fallait-il donc pas qu'elle fût exécutée là et non ailleurs ? Et avec les pluies torrentielles qui s'étaient abattues sur la région, la compagnie ne courrait pas le risque de faire rouler sa grue de cent tonnes sur les voies détrempées. Finalement, il fut admis qu'il n'y avait d'autre solution que de se rendre à Erwin. Charlie Sparks accepta, mais posa une condition : que le cirque pût donner là deux représentations, faveur qui lui fut accordée sur-le-champ. Car Charlie Sparks n'oubliait pas que, dans cette abominable affaire, il perdait sa princesse, son diamant, son étoile, et avec elle vingt mille dollars – au bas mot.

Le sort de Mary était scellé. Slim émit une grimace. Comme il se faisait tard, que la nuit s'abattrait bientôt et qu'elle plongerait le Sparks World Famous Shows Circus, Kingsport et tout le comté de Sullivan dans les ténèbres, il fut décidé que Mary la meurtrière serait exécutée le lendemain. Tout le monde étant tombé d'accord, le maire Miller, deux disques de verre comme des culs-de-bouteille, rayés, tenus par des tiges fatiguées, et le shérif Hickman, mirent aux arrêts Mary.

Le soleil s'était effacé. Les premières étoiles montées dans la nuit étaient hautes. Ses pattes ayant été entravées, Mary avait été enchaînée à un pieu au-devant de la prison du comté, afin qu'elle ne fût pas lynchée durant la nuit. L'incident avait rameuté tous les bons à rien, les oisifs, les soûlards, les chasseurs de gibier, qui n'avaient pas assisté au spectacle et à l'incident, mais aux oreilles de qui la nouvelle était parvenue à la vitesse d'une traînée de poudre, tous volontaires pour veiller, pour monter la garde avec des torches, des colts flambant neufs, d'antiques pétoires que l'on rechargeait par la culasse, des fourches, des gourdins, et tous fin prêts à traquer et à abattre sans pitié Mary la meurtrière si d'aventure elle venait à s'enfuir, ce qu'ils espéraient ardemment au plus profond d'eux.

X

Une éléphante, sous une lune bleue, comme aux origines du monde

À aucun instant, Mary n'avait projeté de fuir. Sous la toile du chapiteau, après qu'elle eut fait éclater la tête de Red, lorsque les coups de feu, la fumée qui s'échappait des colts, les cris de panique et le hourvari produits par les mères et leur progéniture – leurs entrailles remuées – s'étaient soudain élevés, provoquant un tohu-bohu de tous les diables qui eût effrayé plus d'un animal de cirque, Mary n'avait pas été saisie par la panique. Elle n'avait pas été envahie par la peur.

En dépit du vacarme, du chaos, de la tornade qui semblait s'être glissée sous la tente pour emporter dans sa fureur destructrice toutes celles et tous ceux qui étaient là, Mary était demeurée étrangement sereine, comme soulagée, rassérénée, libérée de l'incompréhensible colère de son bourreau. Battant avec nonchalance de la trompe et des oreilles, elle avait regardé les humains s'agiter, courir en tous sens, se précipiter vers la sortie, comme étrangère à ce qu'il venait de se passer et dont elle était la cause, ayant provoqué la mort d'un homme.

Lorsqu'elle avait été menée en ville, à la prison du comté, essuyant les quolibets, les injures et les crachats d'un cortège de quidams et olibrius en délire qui, s'ils n'avaient redouté en leur for intérieur de finir leurs misérables existences comme Red, s'en seraient donné à cœur joie et lui auraient administré force coups, de pied, de poing, de canne, de bâton, de tout ce qu'ils avaient sous la main, et bien qu'il ne fût pas commun qu'on ne la reconduisît pas dans son wagon pour la nuit, Mary n'avait pas opposé la moindre résistance. Elle n'avait pas manifesté le plus traître signe de désobéissance. Les muscles de son puissant corps n'avaient pas trahi la moindre velléité de rébellion. Mary, le plus puissant animal vivant sur Terre, s'était laissé mener et enchaîner au-devant de la prison du comté ainsi qu'une vache conduite à l'abattoir.

Prisonnière des flambeaux qu'on brandissait tout autour d'elle et qui, dans la semi-obscurité, découpaient les arêtes des faciès hostiles, faisaient briller les prunelles emplies d'animosité et de haine de ses gardiens, et arrachaient aux ténèbres les silhouettes des corps des âmes damnées qui s'étaient portés volontaires pour monter la garde, Mary s'était laissé choir et lentement abandonnée à une délicieuse torpeur. Dans la nuit d'encre, les flammes, les ricanements, les propos hostiles, la froidure qui s'emparait lentement de ses membres et de sa patte endolorie par la chaîne sur ce trottoir froid où elle n'avait ni nourriture ni eau, l'agitation de Charlie Sparks, l'absence de Slim, tout cela eût dû la plonger dans une profonde inquiétude. Cependant, il n'en fut rien. Au fond d'elle, au plus profond d'elle, Mary pressentait qu'elle ne courait aucun danger, qu'on ne la rudoierait pas, qu'on ne la blesserait pas, qu'elle n'avait rien à craindre de la folie et de l'inconséquence des hommes. Rien, absolument rien, du moins, pour cette nuit-là. Bien que l'estomac vide et la gorge sèche, elle laissa ses paupières s'alourdir, sentit ses membres s'engourdir, et ne tarda pas à sombrer dans un lourd sommeil.

La nuit était chaude maintenant, elle l'enveloppait à la façon d'un doux cocon. Sa patte ne la faisait plus souffrir désormais. Mary ne ressentait plus l'étreinte de la chaîne, pas plus que la froideur et la dureté du trottoir. Elle ne ressentait plus aucune présence humaine autour d'elle, comme si ses gardiens s'étaient évanouis. Ouvrant les paupières, Mary s'avisa alors que la chaîne qui la maintenait captive avait disparu, que le piquet auquel elle avait été liée aussi, ainsi que, comme par enchantement, la prison du comté, ses gardiens aux faces bouffies et aux carcasses épuisées, les réverbères qui éclairaient la rue de leur pâle halo et la balayaient faiblement, les maisons aux façades en bois vermoulu qui attendaient d'être repeintes, et avec elles toute la ville. En lieu et place de tout cela, une vallée bordée d'arbres fruitiers, couverte de hautes herbes, arrosée de rivières poissonneuses à l'onde claire. Il était toujours nuit, mais la noirceur des ténèbres avait fait place à une voûte indigo constellée de diamants, une voûte au milieu de laquelle se découpait une lune telle que Mary ne l'avait jamais vue, une lune à la teinte si inhabituelle qu'on eût dit qu'elle était bleue. Dans le délicieux silence de cette nuit, Mary la contempla longuement.

À la lumière des vers luisants, des criquets, des grillons, des cigales, des rainettes, rejoints par une chouette aux ululements mélodieux et chaloupés ainsi que des mesures tirées d'un saxophone, le tempo rythmé par les coups de bec nerveux d'un volatile claqués sur le bois d'un arbre vigoureux, avaient entamé une joyeuse sarabande. Répondant à cette invitation enjouée, à ce concert champêtre, Mary se leva. Ses membres n'étaient plus engourdis. Elle se sentait légère, ivre, libre. Il n'y avait nulle trace du cirque non plus ; elle n'en apercevait ni la toile bigarrée du chapiteau, ni les drapeaux flottant aux vents, ni la population grouillante et bruyante, pas plus que les voitures colorées des clowns et des acrobates, les cages des lions et des singes, ou les wagons des girafes et de ses congénères. Mary foula la terre humide parmi les herbes hautes. Un rugissement s'éleva dans le lointain. Quelques oiseaux s'envolèrent à l'horizon. Des équidés martelèrent le sol de leurs sabots. Mary s'arrêta. Où qu'elle tournait sa massive tête, il n'y avait ni chemin, ni route, ni rails. Pas la moindre hutte, pas la moindre construction, pas le plus étrange édifice. Étant parvenue au bord d'un ruisseau, Mary plongea sa trompe dans l'eau claire. Ce faisant, elle troubla l'onde dans laquelle se réverbérait la lune dans sa splendeur bleutée. Avec l'eau, la vie revenait en elle. Mary but tout son soûl. Des images confuses revenaient à sa mémoire. Des couleurs criardes. Des bruits de métal. Des cris, des rires, des hurlements. Une créature désagréable, du rouge, une sensation de douleur, des éclairs, de la fumée… Tout cela était si confus, si lointain… Il advenait parfois que Mary rêvât à des événements qui ne s'étaient pas produits, puis qu'elle s'éveillât, et qu'elle se trouvât de nouveau dans son enclos, ou dans son wagon, traçant la route à bord du convoi du Sparks World Famous Shows Circus. Mais cette eau était si limpide, si agréable, si désaltérante, si salvatrice, que la créature rouge ne pouvait avoir existé, qu'elle ne pouvait être. Car il advenait aussi que Mary songeât à des choses qui la perturbaient au point de lui ôter le sommeil. La teinte indigo avait viré à l'orange, les feuillages étaient parcourus d'une brise légère, les fleurs s'ouvraient, l'aube pointait ; c'était toute la nature qui, dans le même élan, s'éveillait.

Tous les animaux qui rampaient, qui nageaient, qui volaient, tous les animaux qui peuplaient la Terre étaient là. Toutes les espèces. À l'exception d'une seule. Il n'était pas une seule de ces étranges créatures qui se mouvaient sur deux pattes, qui avaient peuplé le jardin d'Éden et qui, en ayant été chassées, avaient fait le choix de dédier leur existence à commander à toutes les autres, à les mettre en servitude, à les faire peiner, souffrir, ahaner, porter, tirer, soulever, pousser, à les dresser les uns contre les autres pour leur unique et égoïste jouissance, à les employer dans leurs armées pour mener des guerres sanglantes. La race humaine. De cette race maudite dont Red constituait l'un des plus misérables représentants, il n'était pas un seul individu dans le monde qui environnait Mary, dans les verdoyantes prairies qu'elle foulait. Par un insondable mystère, la terre avait été rendue aux animaux, et le monde, restitué à son innocence, comme aux origines, au temps de la Création.

Soudain cependant, tout s'obscurcit : les cieux, les bois, les prairies, les rivières. La douce chaleur qui enveloppait Mary disparut. De nouveau, elle sentit ses membres s'engourdir et une pénétrante torpeur s'immiscer dans tout son corps. Sa patte la fit de nouveau souffrir. Ses paupières papillotèrent. Les lumières des torches lui apparurent confusément, puis de façon assez nette. Ceux qui les brandissaient et qui montaient la garde, silencieux, avaient achevé leurs conversations depuis longtemps. Les lampes des réverbères, éteintes, se balançaient sous les caresses du vent. Les torches, les veilleurs, les réverbères, les demeures aux façades en bois aux peintures écaillées, la rue, la ville, tout était reparu comme par quelque maléfice. Ce n'était point un songe étrange. Elle avait bien rêvé pourtant, mais le songe, c'était l'autre, lorsqu'elle avait foulé les verdoyantes prairies, plongé sa trompe dans l'onde d'une rivière, lorsque les animaux régnaient sur la surface de la Terre.

De cette certitude, il ne fallut pas longtemps à Mary pour en être pénétrée en son corps, en son cœur et en son âme. Car pourquoi Dieu qui avait mis des âmes si viles dans des corps si perfectionnés, dans les êtres les plus intelligents qu'il eût créés n'aurait-il, dans son immense sagesse et son discernement, placé une âme bonne dans le corps du plus grand animal vivant sur Terre ?

Il faisait encore nuit et froid. Lorsque l'aube poindrait, lorsque le jour paraîtrait, les bruits, les cris, les coups, la rage, la fureur, tout recommencerait. Une dernière fois.

Un des gardes qui veillait Mary eut son attention attirée par les yeux mi-clos de l'éléphante. Approchant d'elle prudemment, il porta sa torche pour mieux voir, puis retourna s'asseoir, se blottissant dans sa couverture. Pour ne pas s'attirer les ricanements de ses comparses, il n'avait rien osé dire. Pourtant, c'était bien une larme qu'il avait vu rouler sur la joue de Mary.

XI

La plus jolie petite ville du Tennessee

Il avait plu par intermittence toute la nuit. Des pluies abondantes avaient arrosé Kingsport et le comté de Sullivan. Dans les rues boueuses, sur l'eau moirée des flaques, des hannetons dansaient. Aux aurores, dans une aube grise, les Tchécos démontèrent le chapiteau et le chargèrent ainsi que les cages des animaux et les roulottes multicolores des clowns sur les plateformes du convoi du Sparks World Famous Shows Circus dans la gare de Kingsport, plus animée qu'elle ne l'avait jamais été. Toute la nuit, Mary était demeurée enchaînée à son pieu juste à côté de la prison du comté, sous la garde vigilante de bons et honnêtes citoyens, d'individus dévoués et zélés venus des environs de la ville et d'on ne savait trop où, comme des rats sortis de leur trou, qui avaient espéré un accès de fureur de sa part. En vain ; Mary était demeurée calme, placide, toute la nuit tandis que la pluie ruisselait sur son corps.

Depuis le soir, une foule grandissante s'était massée dans la rue, juste en face de la prison, sous les halos pâles des lampes à arc. Tous voulaient voir Mary la meurtrière. Il y avait là des gens qui avaient assisté au spectacle et tout vu, comme le robuste Hench Cox, des gens qui avaient manqué le spectacle et à qui on avait tout raconté. Espérant qu'il se passerait encore quelque chose, ils avaient rappliqué dès qu'ils avaient su, en plein cœur de la nuit noire. Les plus nombreux, enfin, étaient venus un peu avant que le soleil fût levé afin d'être certains de ne rien manquer de la suite.

Charlie Sparks, qu'accompagnaient Slim, plus blanc qu'un oignon, Flipp, Boon, Lycurgus et quelques employés qui s'étaient attachés à Mary avec les années, vint la chercher pour la mener à la gare de Kingsport où elle retrouva son wagon pour son dernier voyage. Mary était un peu plus agitée qu'à l'accoutumée. Ceux qui avaient tenu à lui emboîter le pas jusque-là, épuisés par leur nuit de veille et sous le coup de l'excitation, étaient en proie à la nervosité. Ils riaient pour un rien. Ils s'étaient armés de carabines et de colts, de fourches, de masses, bien que Charlie Sparks leur ait dit et répété que si Mary cédait de nouveau à une noire fureur, ils seraient sans doute tous aussi raides morts que Red avant d'avoir pu tirer le moindre coup de fusil ou étendre le bras. Mais peu importait, ils se sentaient forts.

La locomotive s'ébroua, halant son convoi dans une atmosphère inhabituellement sinistre. Charlie Sparks souhaitait en finir au plus vite. L'unique chose qui le préoccupait véritablement désormais, ce qui accaparait son esprit et ses pensées, par la vérité de Dieu, c'était tout l'argent qu'il allait perdre dans cette affaire. Des milliers de dollars. Des dizaines de milliers de dollars. Le Sparks World Famous Shows Circus poursuivrait sa route sans sa princesse, sans son diamant, sans son étoile.

Erwin était située à quarante miles de Kingsport, dans le comté d'Unicoi. Pour la petite histoire, elle aurait dû se nommer Ervin, avec un *v*, en l'honneur de l'homme riche et généreux qui avait fait don de quinze acres de terre au conseil de la ville. Un préposé des postes myope et agité de tremblements l'ayant mal télégraphié, Ervin était devenu Erwin. Ceinte de monts aux versants abrupts recouverts de forêts aux ramures béantes, à l'épais feuillage gris-bleu, et parcourue de rivières argentées poissonneuses, c'était la Carolina, Clinchfield and Ohio Railway qui, en y acheminant du charbon, l'avait tirée de son isolement pour la relier à la civilisation.

Grâce au boom dû au chemin de fer, la ville avait connu une expansion fulgurante qui l'avait hissée nettement au-dessus des autres bourgades du comté. Erwin était une ville moderne : elle disposait de ses propres poste, cour de justice et prison, et même d'une modeste salle de spectacle. Des centaines de travailleurs employés par la Clinchfield Railroad et affectés aux *repair facilities* vivaient dans des baraquements ou des tentes juste à la lisière, si bien que la ville paraissait plus étendue qu'elle ne l'était en réalité.

Sur la route qui s'enfonçait sous les épaisses frondaisons d'arbres centenaires et dont le tracé serpentait à travers les monts et les collines en suivant celui de la voie ferrée du Carolina, Clinchfield and Ohio Railway, des voitures de badauds, des cabriolets, des fiacres, des phaétons, des buggies, des chars à foin, des Ford T rutilantes, des camionnettes épuisées, d'antiques voitures à chevaux et des charrettes à mulet, tout ce qui se mouvait grâce à une propulsion animale ou mécanique, dans un concert de grincements de freins et de martèlement de sabots, tous ces véhicules, remplis de gens de tout crin qui désiraient ardemment assister à l'exécution de Mary la meurtrière, fonçaient. À cause des carrioles, l'allure générale était ralentie. Ceux qui pensaient arriver à Erwin avant tous les autres parce qu'ils pilotaient des automobiles et leurs passagers, les visages à demi dissimulés par des foulards, des voilettes et des cache-poussière, se traînaient et s'impatientaient, redoutant avec angoisse qu'à ce rythme-là, tout fût fini à leur arrivée.

En un coude de la route, l'essieu d'un chariot s'étant brisé à cause d'une ornière, c'était toute la file qui avait été contrainte à l'arrêt forcé, le temps que la carriole fût dégagée. Les dégâts étaient conséquents ; le chariot ne repartirait pas de sitôt. Des coups de klaxon nerveux avaient retenti, s'élevant puis s'éteignant. Il y eut un début de confusion puis un notable, un juge de paix, prit les choses en main, évitant que la situation ne virât au chaos. Le cheval, une rosse pommelée, piaffait. Les passagers étaient consternés ; à moins de pouvoir monter à bord d'un autre véhicule, ils n'arriveraient pas à temps à Erwin, et ils manqueraient l'exécution. Mais les véhicules qui passaient à côté d'eux étaient pleins. Dans les conduites intérieures, les occupants observaient le chariot immobilisé et les malheureux qui, sur le bas-côté, tenaient leurs chapeaux serrés contre eux de dépit et de colère, avec un regard qui oscillait entre l'effarement, le mépris et la commisération.

Sous un ciel gris délavé par un crachin, le convoi du Sparks World Famous Shows Circus parvint en vue de sa destination. Forte d'un gros millier d'âmes, la bourgade d'Erwin s'était proclamée « la plus jolie petite ville du Tennessee ». Ce que lui contestaient ses voisines et d'autres patelins encore. C'était à dire vrai une petite ville comme il y en a tant dans le Tennessee et dans les États du Sud. Là comme ailleurs, rares étaient ceux qui, nés à Erwin, s'étaient aventurés en dehors des limites du comté. Il se racontait que les gens qui vivaient dans les bâtisses, huttes et cabanons, au fin fond des épais bois striés de ravines et de crêtes ne les avaient jamais quittés que pour se rendre à Erwin, c'était tout dire. Ici aussi, on n'avait jamais vu de girafes, de lions, de singes ou d'éléphants ailleurs que dans des illustrés.

Sitôt que le train se fut immobilisé dans un râle, Charlie Sparks donna l'ordre de décharger les camions, les cages et les roulottes afin que les Tchécos montent le chapiteau et installent le cirque pour la première représentation du jour. La nouvelle de la mort tragique d'un misérable à Kingsport la veille, en plein spectacle, sous la patte massive de l'éléphante vedette du cirque, l'excitation et la joie procurées par la pendaison imminente de la meurtrière avaient finalement déplacé les foules en masse. Il n'y avait jamais eu autant de personnes pour voir les animaux de la ménagerie – Mary la toute première, la tête basse, les yeux vides, enchaînée à un pieu – ou assister au spectacle, même dans des villes un peu plus importantes qu'Erwin.

Le public s'émerveilla devant les girafes, trembla face aux crocs des lions, rit aux bons tours des singes et aux pitreries que Flipp, Boon et Lycurgus exécutèrent sans conviction. Tout le temps que dura la représentation, Queen, Topsy, Ollie et Mutt furent perturbés que Mary ne fût pas à leur tête, coiffée de son diadème à plumes multicolores, qu'elle ne jouât pas de sa gigantesque flûte, et qu'elle n'échangeât pas de balles avec Slim. Leurs tours ne furent pas réussis comme à l'accoutumée. Slim lui-même n'avait pas le cœur à rire et à distribuer de la joie. À un moment, il lui sembla même entendre geindre Mary, un geignement long et lugubre ainsi qu'une sonnerie aux morts. Cependant, le vrai spectacle était au-dehors. Des curieux, gobe-mouches et oisifs avaient déboursé cinquante cents juste pour pouvoir approcher Mary et l'injurier. Résignée, Mary encaissa chaque mot, chaque injure, chaque moquerie.

À la fin de la représentation, les saluts adressés, le public se répandit à l'extérieur comme si le chapiteau avait été la proie des flammes. Toujours enchaînée à son pieu, Mary n'avait pas bougé. Elle avait soif, faim, et songeait avec bonheur à l'oasis de verdure, à la rivière et à l'onde fraîche où elle s'était baignée et désaltérée, et où elle avait été heureuse. Les cieux capricieux s'étaient emplis de nuages noirs. Le sol était détrempé. C'était en définitive une assez belle journée pour pendre un éléphant.

Il fut décidé de conduire Mary accompagnée des autres éléphants sur le lieu de son exécution, afin d'atténuer leur nervosité. À l'instant où on la détacha, Mary poussa une longue plainte lugubre et ténébreuse. Les citoyens d'Erwin, suivis de ceux qui étaient étrangers à la ville, prirent la direction de la gigantesque grue qui culminait au centre de la gare de triage de la Clinchfield Railroad, située un peu à l'écart de la ville. Au cœur des montagnes couvertes de hauts pins, d'eucalyptus et de fougères, la gare de triage comptait une dizaine de voies que dominait un imposant bâtiment tout en bois qui abritait le *Unaka Springs Hotel*, une pension pour les saisonniers. Mais surtout, elle pouvait s'enorgueillir de posséder la plus grande grue du pays, une grue ferroviaire de cent tonnes en acier trempé.

C'était une des plus extraordinaires réalisations du génie humain. La gare de triage d'Erwin, qui innervait en vie toute la vallée, était un lacis de voies, de traverses de bois et de rails, où œuvraient chaque jour, d'arrache-pied, des dizaines de serre-boulons, des signaleurs agitant leurs drapeaux, des mécaniciens en combinaisons maculées de cambouis, des grutiers, des aiguilleurs, des serre-freins, des chefs de division avec leurs vestes bleu roi aux boutons dorés, tous agents de la Clinchfield Railroad, tous gens du rail, ainsi que des nègres fagotés comme des sacs. Montée sur une plateforme de métal, la grue de la compagnie n'avait rien d'ordinaire, avec sa haute colonne et sa courte flèche. Lorsqu'on la regardait, elle ressemblait plutôt à une de ces machines infernales qui se fraieraient des chemins partout sur les champs de bataille boueux du nord de la France, emportant, dévastant, écrasant tout sur leurs chenilles : défenses en bois, barbelés, cahutes d'observation, réduisant les corps en charpie. L'ensemble était massif, comme replié sur soi et pelotonné, écrasé, trapu. Des galeries de part et d'autre permettaient de s'y déplacer et d'en accomplir presque le tour. La cabine, dans laquelle se trouvaient les manettes, était de taille modeste, la faute au puissant moteur de centaines de chevaux qui envahissait tout l'espace sous une épaisse trappe située au niveau du chariot de levage. Le tambour d'enroulement des câbles, actionné par une large roue dentée à chevrons, était d'un beau diamètre, mais il fallait bien cela pour que le bras puisse soulever – sans que sa base fût arrachée – les wagons de plusieurs tonnes qui chaque jour devaient être déplacés d'une plateforme à une autre, d'un convoi tout juste entré en gare à un autre qui tracerait la route plus tard pour rallier le Montana, la Californie, le Nebraska… La machine tout entière – y compris les câbles de levage – était faite de l'acier le plus pur, le plus robuste, et non pas de quelque alliage, et le treuil, auquel était fixé un gigantesque crochet en fonte, était à soi seul un engin de mort.

De toute la machine, c'était sans nul doute son bras unique qui produisait l'admiration de ceux qui la voyaient pour la première fois. À son point le plus élevé, le bras ne culminait pas à plus de trente pieds du sol, ce qui aurait été inutile pour les tâches à exécuter, et ce qui expliquait aussi sa solidité à toute épreuve.

L'ingénieur qui en avait levé les plans et la compagnie qui l'avait construite n'avaient ménagé ni leur intelligence ni les moyens pour s'assurer de la puissance, de l'invincibilité de ce bras ; c'était un défi à la loi de la gravité. Dans un bras de fer, jeu populaire de nombre d'établissements des comtés du Sud, les hercules mesurent leur force, les plus gaillards, ceux dont les muscles saillent sous la chemise, étant toujours à la recherche de l'adversaire qui va mettre à l'épreuve leur force et, avec elle, la confiance qu'ils ont en eux et – il faut bien le dire – leur virilité. Ils s'exercent sans repos. Leur bras devient une machine. Ceux qui prennent les paris, et ceux qui pour rien au monde ne les prendraient, mais observent les lutteurs tout pareillement, se demandent toujours lequel fera vaciller le bras de l'autre, le fera trembler au point qu'il penchera, se cabrera, pliera et chancellera avant de toucher enfin le bois de la table, signifiant la défaite et, pis que la défaite, la révélation de la fin d'une invincibilité. Après cela, celui qu'on croyait invincible et qui pérorait a beau dire et beau faire, chacun sait dans le comté et souvent même dans les comtés avoisinants qu'il a été vaincu par plus fort que lui.

C'était une impression similaire qui se dégageait pour ceux qui avaient tous les jours cette grue sous les yeux, et plus encore pour ceux qui voyaient cette grue pour la première fois. Avec son bras court, massif, à l'acier rutilant, dont pas une pièce ne semblait pouvoir se tordre et encore moins se plier, elle apparaissait dans toute sa puissance, dans toute sa splendeur dans le ciel grisâtre d'Erwin, au milieu des voies qui s'enchevêtraient et des plateformes et wagons qui attendaient d'être déplacés. Chacun se demandait à part soi ce qui pourrait bien en venir à bout. Celui dans la cervelle de qui avait germé l'idée de pendre l'éléphante à son lourd crochet avait eu une fameuse idée, une riche idée. Et outre que la sentence pourrait être exécutée, on saurait qui, du plus puissant animal vivant sur Terre, et de la plus robuste grue de tout le pays, allait l'emporter dans ce combat qui s'annonçait palpitant, quand bien même il fallait admettre que les chances n'étaient pas égales et que les dés étaient pipés.

D'ordinaire, des dizaines d'employés de la compagnie s'affairaient sur les voies autour des wagons. Mais ce qu'il s'était passé la veille à Kingsport et l'annonce de l'exécution de Mary la meurtrière s'étaient répandus dans le comté de Sullivan, dans celui d'Unicoi et dans les comtés avoisinants, ceux de Hawkins, Greene, Washington, Carter, Johnson, jusqu'à ceux de Hamblen et Jefferson, comme une traînée de poudre et, lorsque la fumée crachée par la locomotive du cirque en provenance de Kingsport était apparue en serpentant dans le ciel, il n'y avait pas moins de mille quatre cents, mille cinq cents individus, la plupart des enfants de la ville et des environs, sur les quais et les voies, tous en joie, dans l'attente fiévreuse de l'arrivée de la meurtrière.

Des centaines de badauds d'Erwin et des collines et monts alentour avaient convergé sous la pluie vers la gare de triage tout le long du jour. Ils étaient montés sur les chariots, les toits des wagons, des hangars, des dépôts, avaient grimpé aux fenêtres de l'*Unaka Spring Hotel*, aux arbres, afin de jouir de la meilleure vue.

De vieilles perruches édentées, apprêtées comme pour un pique-nique paroissial, avaient rajeuni de vingt ans. Le sénile juge Bremont, aux yeux globuleux et à l'odeur de bouc, hilare, faisait n'importe quoi. Des employés en manches de chemise plus myopes que des taupes, rats des villes et des champs, étaient présents. Loqueteux en habits du dimanche, deux larrons en goguette, l'un gras, l'autre efflanqué, Carnaval et Carême, en complet de drap, côtoyaient des poules sauvages à tête noire coiffées de chapeaux falbalas qui caquetaient. De petits coqs portant cravate-ficelle paradaient au-devant de grenouilles de bénitier en conclave. Des freluquets et leurs promises étaient reluqués par de pauvres hères à poil sale qui s'épuçaient, non loin de gueux pimpants aux feutres cabossés et de culs-terreux aux gueules de malinois qui s'invectivaient. Les garnements, nombreux, bruyants, montraient des signes de lassitude, se hélaient, se poussaient, émettant des gloussements, des grognements, des feulements de joie. Pareille à une vague, une folie jubilatoire avait déferlé sur la populace.

Dans cette ville forestière où il ne s'était jamais rien passé avant la venue de la Carolina, Clinchfield and Ohio Railway, où il ne se passait jamais rien, se déroulerait un événement dont l'Histoire se souviendrait, que chacun se remémorerait ; on allait immoler la Bête comme aux anciens temps païens.

Lorsque Mary, précédée de Charly Sparks et de Slim, et suivie des quatre autres éléphants, parvint à la gare de triage, il ne lui fut pas aisé de se frayer un chemin jusqu'à la grue où se tenaient le maire ainsi que le shérif, son adjoint et les membres du conseil de la ville, tant il y avait foule. Le maire, un nœud d'étoffe noire pour cravate sur sa chemise à grand col blanc, les yeux enfoncés dans un visage osseux et long, allongeant le cou, le museau en avant, questionnait en vain du regard le shérif, un petit être à tête de fouine flanqué de tics nerveux. Ils n'avaient rien demandé et paraissaient bien fâchés que l'on eût amené une meurtrière dans leur ville – qui réagirait autrement ? Ils faisaient ceux qui comprenaient. Cependant, ils auraient préféré que la grue fût dans une ville voisine, que l'on ne vînt pas troubler leur quiétude, que l'éléphante fût pendue ailleurs ou qu'elle fût abattue durant la nuit. Ils avaient sans doute espéré que, la nuit portant conseil, le sort de Mary la meurtrière fût réglé d'une autre façon. Il n'en avait rien été. Et ceux qui avaient réclamé sa mort à cor et à cri, plus déterminés que jamais, leur colère et leur haine suant de tout leur corps, exigeaient que justice fût rendue, et qu'elle le fût sans délai. Il y avait eu des exécutions à Erwin, comme ailleurs. On y avait pendu pas mal de nègres. Alors pourquoi pas une éléphante ?

Une unique question demeurait : qui allait se charger de la sale besogne ? Ce n'était ni à Charlie

Sparks ni à aucun employé du cirque de le faire. Plusieurs noms furent lancés à la cantonade. Quelques fortes têtes, des caïds, et même des bras cassés offrirent gracieusement leurs services. Mais crocheter proprement un éléphant pour soulever dix mille livres n'était pas à la portée du premier venu. Parmi tous les noms lancés, un était revenu avec insistance et sitôt qu'il parvint aux oreilles du maire, du shérif, de son adjoint et des membres du conseil, il sonna pourtant comme une évidence. S'il était un homme en qui l'on pouvait placer toute confiance pour s'acquitter de cette tâche, un homme qui ne sourcillerait pas, c'était bien lui : Sam Harvey, un pompier de la ville, un rude bonhomme, un vrai de vrai, que tous connaissaient sous son sobriquet de « Harvey-n'a-qu'un-œil ».

XII

DES HOMMES ET DES BÊTES

C'était la fin de l'après-midi. L'atmosphère était humide et la chaleur suffocante. Une faible lumière s'accrochait aux noirs feuillages des cimes. Au-dessous de la grue, sur un wagon plateforme, dressé de toute sa hauteur, Harvey-n'a-qu'un-œil étouffa un juron et, ayant jeté des regards de droite et de gauche, l'œil fou, pesta, tenant des propos incompréhensibles ainsi que s'il s'adressait à un esprit ou à un démon visible de lui seul. Enfin, il finit par proférer des paroles intelligibles et réclama une chaîne. « Une grosse chaîne... » Dans la masse humaine, la requête fut répétée par des voix sourdes, puissantes, résonnant comme en écho jusque parmi ceux qui étaient les plus reculés.

Ce fut alors, à cet instant précis, que Mary fut séparée de ses congénères et que Slim la mena juste sous la grue. Là, hésitante, elle se figea après avoir jeté des regards ahuris tout autour d'elle. Habitués à lui emboîter le pas à la parade et sur la piste, les quatre autres éléphants voulurent la rejoindre ; on les en empêcha. De guerre lasse, Harvey-n'a-qu'un-œil gesticulait comme si chaque geste lui coûtait. Tout autour du petit groupe qu'il formait avec le maire, le shérif, son adjoint, Charlie Sparks, les augustes membres du conseil, des gens s'affairaient, souhaitant de toutes leurs forces pouvoir se rendre utiles.

Queen, Topsy, Mutt et Ollie étaient au comble de l'agitation. Ils étaient accoutumés aux foules mais non pas à cette électricité, ce vent de colère entremêlé de haine qui emplissait tout l'air. Au pied de la grue, Mary se balançait avec nervosité d'une patte sur l'autre, frottant le sol de la pointe de sa trompe, battant des oreilles. Ses yeux noirs, qu'une pâleur, une lassitude, un immense désarroi avaient envahis, avaient perdu leur éclat brillant.

Tout autour, la foule était partagée entre la nervosité et l'excitation. Un mélange étrange et confus. Ceux qui étaient aux premiers rangs, bien que les mieux placés, jouaient férocement des coudes, se disputant le droit d'encore mieux voir. Les enfants jubilaient. Ils avaient entendu raconter toute l'histoire, plusieurs fois, avec beaucoup de détails, par des gens qui n'avaient pas assisté à la scène et qui, comme tous, la tenaient de bonnes gens dignes de foi qui n'avaient pas non plus été témoins des faits. En quelques heures, il n'avait plus été question que de cela dans le nord-est de l'État, hormis dans les bâtisses plantées aux fins fonds des forêts et oubliées de Dieu.

Sur la voie, lorsque Mary, apeurée, tournait la tête en tous sens, cherchant Charlie Sparks et Slim, il y eut un moment qui laissa craindre qu'elle allât descendre la rampe et fendre la foule pour fuir, échapper à ces paires d'yeux rieurs, à ces bouches ouvertes, à ces faces hirsutes, à ces cris, à ces ricanements et ces vociférations. Toutefois, apaisée par les paroles et les caresses de Slim, elle n'en fit rien.

Pour ne prendre aucun risque, deux cheminots attachèrent à l'une de ses pattes antérieures une chaîne qu'ils fixèrent à un rail. Les autres éléphants, pressentant qu'il allait se passer quelque chose – car les bêtes ont un sixième sens que ne possèdent pas les hommes –, entamèrent de concert une étrange danse, se dandinant, émettant des gémissements dont ceux qui étaient tout près affirmèrent plus tard que c'étaient des sanglots, de lourds et noirs sanglots.

Le premier magistrat de la ville, se sentant obligé de dire quelque chose, marmonna, invoquant la paix et la dignité de l'État souverain du Tennessee, rappela comment ladite Mary avait commis son crime avec malice et préméditation, et la peine à laquelle elle avait été justement condamnée en conséquence.

Ce fut ce moment que choisit Harvey-n'a-qu'un-œil pour passer autour du cou de Mary la chaîne aux épais maillons d'acier qu'on lui avait procurée, une chaîne de l'acier le plus pur et le plus solide du pays, que l'on employait pour tirer les wagons. Lorsqu'il eut effectué un premier tour autour du cou de Mary, la foule exulta. Après quoi, il effectua un second tour, régla la longueur de la chaîne, s'assura de sa solidité. Depuis la plateforme, le silence s'étendit jusqu'à gagner les derniers railleurs qui s'étaient hissés dans les arbres aux lisières de la forêt.

Joe Collins, l'un des employés de la Clinchfeld en charge de la grue, fit précautionneusement descendre le câble pour ne pas effrayer Mary et afin qu'Harvey-n'a-qu'un-œil pût fixer le crochet à la chaîne. Pendant que le bourreau d'occasion s'assurait que l'ensemble était bien attaché, Slim glissa encore quelques mots à l'oreille de Mary avant de se frotter le visage d'un revers du bras et d'afficher un affreux rictus qui lui tordit la bouche.

Mary émit un barrissement enroué, un barrissement du plus profond de son être, de son âme, auquel répondirent par des plaintes Queen, Topsy, Ollie et Mutt qui se dandinaient toujours. Puis, après avoir jeté un œil aux autorités locales et à Charlie Sparks, Harvey-n'a-qu'un-œil adressa un signe de tête au grutier. L'immense treuil de la machine grinça. Le câble s'enroula ; la chaîne s'éleva lentement dans les airs. Quand le câble fut tendu à l'extrême et que la chaîne enroulée autour de son cou commença à l'étrangler, Mary, tous les muscles de son corps tendus, se débattant, voulut pousser un barrissement mais seul un gémissement étranglé sortit de sa gorge tandis que dans la foule, on avait recommencé à crier, à hurler et à vociférer. Lentement, Mary s'était dressée sur ses pattes antérieures, puis le treuil continuant sa sinistre besogne, l'éléphante avait quitté la terre ferme et ses pattes avaient commencé à battre dans les airs sous l'effet de l'insoutenable douleur.

Mary la meurtrière dansait désormais la gigue à quelques pieds du sol, pour l'immense, l'extraordinaire bonheur de tous ceux qui avaient effectué le voyage jusqu'à Erwin pour assister à ce spectacle-là. Entre rires, ricanements, quolibets et injures, la foule était déchaînée. Car on n'assisterait pas de sitôt à l'exécution d'une éléphante tueuse. Des voleurs, on en lynchait quelquefois, des assassins, un peu plus souvent, et des nègres, cette maudite engeance, tout le temps ! Mais une bête, et non pas un vulgaire cochon, le plus gigantesque animal vivant sur Terre, une éléphante, cela n'était pas commun.

Sous le poids de ses dix mille livres, Mary aurait dû avoir le cou brisé net. Mais dans la précipitation et la joie de l'instant, les employés, ceux qui l'avaient entravée, les spectateurs des premiers rangs, tous avaient oublié, et Harvey-n'a-qu'un-œil n'y avait lui-même pas pris garde, qu'une des pattes antérieures de Mary était demeurée attachée à un rail.

Alors que Mary barbotait dans les airs à cinq pieds de hauteur et que chacun se demandait combien il s'écoulerait de temps avant qu'elle ne rendît son dernier souffle, un craquement se fit entendre, celui des os et tendons de l'éléphante, suivi d'un terrible brouhaha qui tira des cris de terreur à ceux qui étaient au premier rang. Sous les dix mille livres de Mary, la chaîne, dont l'acier était l'un des plus purs et solides du pays, avait cédé et la malheureuse s'était effondrée pesamment sur la voie dans un boucan de tous les diables. Le sol trembla. L'étreinte autour de son cou s'étant desserrée, un barrissement de douleur sortit de la gorge de Mary comme s'il surgissait des entrailles de la Terre. La panique s'empara des premiers rangs. La terreur que l'éléphante se levât et fonçât à travers la foule en piétinant tous ceux qui lui avaient hurlé dessus, fut cause d'un début d'affolement et de désordre. Allait-elle se rebeller, se saisir d'eux et les balancer comme elle l'avait fait avec ce bon à rien de Red ?

Mais Mary, Mary la meurtrière, incapable de se lever, aurait été bien en peine de fuir. Ahanant, secouée de tremblements, le souffle chaud et humide, les oreilles ballantes, elle pleurait à petits cris après avoir émis un gémissement sourd et déchirant. Le premier, Slim s'approcha. Un regard à la posture de l'éléphante, ses râles, ses cris de douleur comme des sanglots confirmèrent vite ses craintes ; Mary s'était brisé la hanche dans sa chute ; la malheureuse ne pourrait plus se rendre nulle part.

Harvey-n'a-qu'un-œil, son unique œil allumé tel un phare dans la tourmente, s'approcha à son tour, pestant, jurant, s'essuyant le front. Tout était à refaire. Mary, la bouche écumante, agitait la trompe. Ses compagnons avaient uni leurs sanglots aux siens, et leurs pleurs formaient une étrange mélopée qui s'élevait dans le ciel gris et pluvieux d'Erwin.

L'achever ?! Il en fut vite hors de question. On n'allait pas laisser dire que l'on n'avait pas été fichu de pendre une satanée éléphante. Ici, à Erwin, dans le Tennessee ! De quoi aurait-on l'air ? On employa de nouvelles chaînes, que l'on passa plusieurs fois autour du cou de Mary dont les gémissements devenaient insupportables. Lorsque tout fut de nouveau prêt, Harvey-n'a-qu'un-œil adressa un geste au grutier d'une main molle. Lentement, le treuil commença à remonter le câble et Mary, dont le poids reposait en partie sur la hanche brisée, poussa des hurlements comme personne n'en avait jamais entendu venant d'un éléphant, et personne n'aurait cru que ces bêtes en fussent capables.

Son corps massif fut levé dans les airs ; enfin les pattes ne touchèrent plus le sol. Il y eut un long moment de silence durant lequel tous ceux qui étaient là fixèrent leur regard sur la chaîne, se demandant si celle-ci allait céder ou non ; cependant, elle tint bon. Quelques sons métalliques provinrent de la grue, du mécanisme de treuillage probablement. Mary émit de puissants râles, désespérés, que les hurlements hystériques étouffèrent. Son corps fut secoué de tremblements. Puis ce fut la fin.

Un frisson parcourut toute l'assistance. Un immense cri s'éleva. Un « Yeahhhh ! » ou un « Yeohhhh ! » suivi aussitôt d'un tourbillon d'acclamations. Mary la meurtrière était morte. Son corps amorphe, sans vie, pendait dans le vide. La foule, extatique, était aux anges. Ici on dansait, là on s'embrassait. Nul ne regrettait d'être venu. Ce spectacle-là, il n'y eut pas un spectateur qui ne l'aima.

Lentement, le câble de la grue fut redescendu. En sueur, les manches de sa chemise roulées et remontées, Joe Collins n'était pas peu soulagé d'en avoir enfin fini. Sa grue n'avait pas cédé sous la masse de l'éléphante. La machine avait triomphé de la bête. Le corps de Mary s'affala sur la voie, avec sa hanche déboîtée, ses yeux exorbités où se lisait encore l'angoisse, sa langue pendante rose et flasque sur ses lèvres blanchies d'écume. Tout le temps qu'avait duré l'exécution, ses quatre congénères n'avaient pas cessé leur étrange ballet comme font, paraît-il, les éléphants lorsqu'un des leurs s'éteint, dans une singulière et silencieuse communion. Leur présence n'étant plus jugée utile, on les ramena au cirque.

Les cieux, gonflés d'épais nuages gris qui avaient viré au noir, annonçaient de fortes pluies. Après avoir levé la tête et examiné la façon dont les ténèbres s'étaient emparées de la voûte céleste, les uns et les autres s'avisèrent qu'il était temps de prendre le chemin du retour pour ne pas être copieusement trempés. Les plus sages se hâtèrent. Puis ce fut un concert de moteurs que l'on démarrait, de pneus qui crissaient, de freins, de tôle froissée – car il y eut quelques accrochages – de hennissements, de claquements de fouets sur le dos des attelages pour faire avancer les carrioles. La sente qui partait de la station de la Clinchfield Railroad pour rejoindre la route principale qui menait à Erwin fut vite engorgée par la faute d'une fichue carriole qui n'avançait pas. Son cocher, un échalas à la tête allongée et à la peau cendrée comme celle d'un baudet, avait beau crier à hue et à dia et frapper ses deux malheureuses rosses pour qu'elles hâtent le pas, les bêtes allaient leur train de sénateur, ignorant la furieuse cohue dont elles étaient la cause.

Demeurait un problème, et de taille : le corps sans vie de Mary. Charlie Sparks, le maire et le shérif d'Erwin se dévisagèrent longtemps en silence.

« C'est votre bestiole, monsieur Sparks, c'est votre bestiole…, lança le maire en ajustant son chapeau. Vous avez voulu…

— Je n'ai rien voulu. » Nul ne souhaitait endosser la moindre responsabilité. « Avec la recette, vous n'avez pas tout perdu… », renchérit le maire, s'essuyant le front. « Vous plaisantez, j'espère ! », répliqua Charlie Sparks en dévisageant ces culs-terreux. « Ce que je voulais dire, se reprit le maire, c'est que vous êtes libre d'en disposer. » Charlie Sparks maugréa : « Que voulez-vous donc, monsieur le maire, que je fasse d'un éléphant mort ? »

Charlie Sparks songea à la funeste destinée qui avait été celle de Jumbo, l'éléphant percuté par une locomotive sur une voie de chemin de fer en Ontario. Après que des clichés de sa dépouille recouverte de badauds aux sourires idiots eurent immortalisé la scène, tels des cancrelats sur une charogne, Phineas Taylor Barnum, homme avisé, plein de ressources et d'inventivité, avait fait dépecer et démembrer Jumbo afin que son cœur pût être prélevé, son squelette blanchi et reconstitué, et son corps empaillé. Plusieurs années durant, le spectacle avait continué avec, pour clou, l'exhibition du squelette de Jumbo. Le cœur et le corps avaient été vendus à des universités pour encourager les progrès de la science. Même mort, Jumbo avait continué de rapporter une coquette fortune à Phineas Taylor Barnum.

Pour Charlie Sparks, les choses étaient un brin différentes. Mary lui avait certes permis d'amasser une belle fortune, une fortune colossale aux dires de certains, et sa valeur était pour sûr de plusieurs milliers de dollars, sinon plusieurs dizaines de milliers de dollars. Mais il l'avait nourrie au biberon, soignée, élevée, vue grandir et réaliser des prouesses incroyables aux yeux de celles et ceux qui n'avaient jamais rien vu de pareil. Aussi ne lui était-il pas venu un seul instant à l'esprit de faire charcuter son éléphante pour en vendre les morceaux à la livre de chair au plus offrant, pour la faire empailler et la voir être rongée par des vers, pour reconstituer son squelette et l'exhiber lors des spectacles à venir. Ce n'était pas de la sorte que Charlie Sparks concevait un spectacle de cirque. Pas un seul instant il ne s'était imaginé présenter le cadavre ou le squelette de son éléphante. « Venez ! Approchez, mesdames, messieurs, venez applaudir ce qu'il reste de Mary, qui fut le plus grand animal vivant sur le globe ! » Non. Ce n'était pas ainsi que Mary devait achever son passage sur Terre.

« Faut l'enterrer, y a pas d'aut'solution », lâcha Harvey-n'a-qu'un-œil. Le borgne était la sagesse incarnée. « Et où cela ? », renchérit le directeur, un brin sarcastique. Le maire et le shérif baissèrent les yeux et partagèrent un silence embarrassé. Ils l'ignoraient. Mais Harvey-n'a-qu'un-œil, homme ingénieux et plein de ressources, renchérit, désignant de son doigt un espace de sept pieds sur vingt : « Ici, en creusant une fosse avec une des pelles mécaniques de la Clinchfield... » Les quatre hommes se regardèrent. Le tonnerre gronda, la pluie tomba avec vigueur. L'orage menaçait d'éclater avec une rapidité foudroyante.

« Qu'on amène la pelle et qu'on en finisse... », soupira pesamment le maire, excédé.

Après quoi il tourna les talons, entraînant à sa suite le shérif, son adjoint, Harvey-n'a-qu'un-œil, puis, après un temps, Charlie Sparks et Slim, demeurés auprès du corps sans vie de Mary, pour lui rendre un ultime et silencieux hommage.

Le tonnerre gronda derechef, comme si Dieu laissait soudain éclater sa colère parce que les hommes, ces animaux supérieurs, lui faisaient soudain horreur. Des éclairs zébrèrent les cieux noirs et des pluies diluviennes s'abattirent sur la station de la Clinchfield Railroad. Il n'en fallait pas moins pour achever de mettre en fuite les derniers badauds. Un silence de tombe engloutit la vallée tandis que la pelle mécanique et trois nègres s'approchaient pour creuser la fosse. Il y eut encore quelques chariots qui déboulèrent au loin à vive allure ; c'étaient des curieux qui, prévenus trop tard, avaient manqué le spectacle. Il ne leur restait désormais plus qu'à repartir.

XIII

Une fosse de la taille d'une grange

Secondé par trois nègres silencieux équipés de pelles et de pioches, l'employé de la Clinchfield Railroad chargé de creuser la fosse à la pelle mécanique se mit aussitôt au travail. La pluie, qui redoubla, allait grandement faciliter leur tâche, quand bien même ils seraient trempés jusqu'aux os à la fin du jour. Tandis qu'ils œuvraient dans un silence lunaire qu'interrompait seul le fouissement de la pelle et des outils dans la terre, un méthodiste, une petite chose râblée affublée d'une tête de chouette, avec des oreilles en pointe, des sourcils en broussaille, des yeux jaunes perçants et un nez saillant comme un bec, se pencha au-dessus du corps de Mary et, d'une voix éraillée, commença à parler. Ce n'était point un sermon ou une oraison, plutôt des pensées, des réflexions. Lorsque les premiers mots jaillirent dans un flot pareil à une mélopée, les nègres levèrent la tête.

Dieu avait créé les éléphants et tous les autres animaux tout comme il avait créé les hommes, et si l'homme était faible, les bêtes, aussi épaisse était leur enveloppe corporelle, pouvaient également céder à leurs passions, à la colère notamment qui d'un homme raisonnable peut faire une bête furieuse – « Un homme colère excite des querelles, Et un furieux commet beaucoup de péchés » (Proverbes, 29 : 22), spécifia-t-il. Car elles n'étaient que des bêtes, après tout. Mais dans son immense mansuétude, son immense commisération, son immense miséricorde, le Seigneur veillait sur tous, et accueillait au Paradis tous les êtres, toutes les créatures, toutes celles et tous ceux qui le désiraient ardemment, y compris les nègres, ajouta-t-il, adressant un regard empli de bonté et de compassion aux trois misérables, pour peu qu'ils acceptassent de reconnaître leurs péchés et de demander pardon. Et il avait vu, oui, vu dans les yeux de Mary, Mary la meurtrière, cette princesse au regard plein de douceur qu'un instant d'égarement avait frappée, au moment où la Lumière les abandonnait, qu'elle regrettait sincèrement et profondément son acte. Et c'était à cet instant précis qu'il avait su qu'il devait recommander son âme au Seigneur.

Ayant ouvert de ses mains molles velues sa Bible au livre des Psaumes, l'homme en noir, d'une voix pénétrée, entama sa lecture du Cantique de David avec une austérité de circonstance, tandis que la pluie les fouettait de plus belle, lui, le cadavre de l'éléphante désarticulée, l'employé de la Clinchfield et les malheureux nègres qui s'escrimaient à creuser : « … L'Éternel est mon berger : je ne manquerai de rien. Il me fait reposer dans de verts pâturages, Il me dirige près des eaux paisibles. Il restaure mon âme, Il me conduit dans les sentiers de la justice, À cause de son nom. Quand je marche dans la vallée de l'ombre de la mort, Je ne crains aucun mal, car tu es avec moi : Ta houlette et ton bâton me rassurent. Tu dresses devant moi une table, En face de mes adversaires ; Tu oins d'huile ma tête, Et ma coupe déborde… Oui, le bonheur et la grâce m'accompagnent Tous les jours de ma vie, Et j'habiterai dans la maison de l'Éternel Jusqu'à la fin de mes jours » (Psaumes, 23, 1-6). Après quoi, d'une voix compassée, il tint à l'éléphante défunte gisant à ses pieds ce langage : « Je demande pardon de tes fautes à Celui-là… Car comment peux-tu ne pas croire qu'il a souffert pour toi ? »

Se sentant en verve, il voulut poursuivre mais, la tempête se levant et les pluies redoublant plus encore de colère, il se signa, bénit l'éléphante, jeta aux nègres, ces fils de Cham, un regard plein de commisération qu'il accompagna d'un grognement, un *Uhmf* qui oscillait entre le dédain et le mépris, puis se hâta pour se mettre à l'abri dans le vestibule de l'hôtel.

Les trois nègres ne ménagèrent pas leur peine pour accomplir leur tâche. À la fin du jour, tandis que les pluies avaient complètement détrempé la vallée et que les nuages noirs avaient envahi la voûte céleste, la fosse – au sujet de laquelle des jaseurs conteraient plus tard qu'elle était de la taille d'une grange, ce qui était grandement exagéré – avait été creusée. Ne restait plus qu'à y descendre le corps de Mary qui, la veille au soir encore, illuminait les yeux de celles et ceux qui étaient venus voir et applaudir le plus gigantesque animal vivant sur

Terre, ainsi qu'annoncé par les affiches du Sparks World Famous Shows Circus placardées un peu partout à Kingsport.

L'opération ne fut pas exécutée sans mal. Il s'en fallut de peu que l'un des nègres, le plus frêle, que l'on avait fait descendre dans la fosse, eût la jambe brisée ou demeurât coincé sous les dix mille livres du corps sans vie de Mary. La recouvrir de terre, après les efforts qu'ils avaient fournis, fut accompli en un tournemain. Lorsqu'ils eurent fini, ils étaient tellement trempés qu'ils ne s'étaient pas même aperçus que la pluie s'était arrêtée de tomber. Il fallut qu'un éclat de soleil perçât et que la lumière succédât aux ténèbres, pour qu'ils observassent que le chaos avait pris fin. Tout le temps qu'ils avaient creusé sous la pluie battante, ils n'avaient pas levé la tête un instant.

Maintenant que le soleil était revenu, éclairant la gare de triage et la vallée de ses pâles rayons, que le chant d'un oiseau-moqueur résonnait au loin, que les badauds s'étaient évanouis, tous jusqu'au dernier, ils regardèrent autour d'eux, durant un long moment, sans échanger le moindre mot. Toute couverte de rosée, détrempée, mais verdoyante à souhait, avec ses pins qui recouvraient de part et d'autre les monts aux alentours, cette vallée était magnifique. Et ce fut alors que chacun, toujours sans proférer le moindre mot, songea aux paroles de l'homme en noir et à la vallée de la mort.

Épilogue

LÀ OÙ REPOSE « MARY LA MEURTRIÈRE »
CI-GÎT WALTER ELDRIDGE

Au cours des jours et semaines qui suivirent ces événements atroces, le Sparks World Famous Shows Circus acheva sa triomphale tournée des bourgades des comtés de l'État, avant de fuir le Tennessee pour poursuivre sa route, se produire en Caroline du Nord, en Caroline du Sud sa jumelle, en Géorgie, en Alabama, au Mississippi – où il ne passa pas par Oxford –, en Louisiane, toujours plus loin du Tennessee, toujours plus loin d'Erwin, et partout, on se pressait pour applaudir le cirque qui avait exhibé Mary la meurtrière.

Il se raconta que Mary était une tueuse d'éléphants, que John H. Wiseman le savait lorsqu'il l'avait acquise, qu'il avait fermé les yeux pour l'acheter à un prix bien inférieur à sa valeur réelle.

Il se raconta avec insistance que Mary traînait un lourd passé de criminelle, qu'elle avait jadis déjà tué, et non pas seulement des éléphants ; deux vachers texans qu'elle avait massacrés en les chargeant et en les piétinant, deux hommes qui étaient devenus huit, puis dix-huit. À dire la vérité, Mary n'avait jamais tué personne avant Walter Eldridge dit « Red ».

Il se raconta que le jour où Mary avait écrasé sous sa patte la tête de Red avec son affreuse tignasse rouge, des lyncheurs venus de tout le comté de Sullivan avaient d'un pas décidé marché sur Kingsport au son des fifres et des tambours pour l'exécuter avec un canon de la garde civile.

Il se raconta que l'Associated Press avait sollicité de Charlie Sparks l'autorisation d'exhumer le corps désarticulé de Mary, pour la pendre de nouveau et prendre un cliché, parce que la scène n'avait pas été immortalisée à cause de l'humidité, de la chaleur et des pluies. Mais le Sparks World Famous Shows Circus avait quitté Erwin dès le lendemain de l'exécution à l'aube.

Il se raconta encore que la nuit qui avait suivi l'exécution de Mary, sa tombe avait été profanée par des individus qui scièrent ses défenses dans lesquelles ils firent sculpter un jeu de dés. Mais Mary ne possédait pas de défenses. Et qui serait assez idiot pour avoir l'idée saugrenue de déterrer dix mille livres de chair en putréfaction, pour un simple jeu de dés en ivoire ? Le cliché qui fut pris le jour de son exécution est sans équivoque sur ce point. Les jaseurs, ceux du Sud notamment, chez qui il existe des menteurs de métier – mais pas plus qu'ailleurs –, content souvent n'importe quoi, pour le plaisir de s'entendre parler, c'est bien connu. En revanche, nul ne raconta que l'exécution de Mary n'avait jamais eu lieu, que c'était une fable.

Épilogue

La fosse où avait été enterrée Mary demeura durant quelque temps un lieu de curiosité. On voulait voir. La grue. La plateforme. La tombe. Des olibrius qui prétendaient avoir assisté à l'exécution se faisaient un plaisir de raconter les événements de cette mémorable fin d'après-midi dans les moindres détails : le craquement des os et des tendons, le fracas de la hanche de Mary sur la plateforme. C'était pour jaser ; ils n'y étaient pas. Aussi répétèrent-ils ce qu'on leur avait dit ou ce qu'ils avaient entendu. Puis les curieux se lassèrent. Les jaseurs aussi. La tombe de Mary, que l'on découvrait au début assez vite parce que la terre avait été retournée sur une belle surface, devint improbable à localiser, les pluies, en détrempant la terre, achevant d'effacer les traces du drame qui s'était déroulé là. Et les drôles de zèbres qui se rendaient jusqu'à la station de la Clinchfield Railroad pour voir où reposait Mary, « Mary la meurtrière », recevaient des réponses évasives et contradictoires et en étaient pour leurs frais. Mary reposait là-dessous, quelque part, mais où ? Nulle plaque, nulle croix, rien ne l'indiquait.

À quarante miles de là, à Kingsport, le lendemain de la mort de Walter Eldridge dit « Red », J. M. Hammitt, du State Board of Health de l'État du Tennessee avait signé le permis afin que l'on procédât à son inhumation. À la rubrique DATE DE NAISSANCE, il avait tracé une barre oblique ; à la rubrique LIEU DE NAISSANCE, il avait écrit : *inconnu* ; à la rubrique NOM DU PÈRE : *inconnu ;* à la rubrique LIEU DE NAISSANCE DU PÈRE : *inconnu ;* à la rubrique NOM DE JEUNE FILLE DE LA MÈRE :

inconnu ; à la rubrique LIEU DE NAISSANCE DE LA MÈRE : *inconnu ;* à la rubrique CAUSE DE LA MORT : *Tué par un éléphant.* Walter Eldridge fut enterré dans la partie la plus éloignée du cimetière de Kingsport. Charlie Sparks refusant de se ruiner en frais d'enterrement après avoir perdu vingt mille dollars – au bas mot – avec la mort de Mary, qui plus était à cause de cet idiot, Walter Eldridge eut droit au service le moins coûteux. Nul n'assista à ses funérailles, nul ne vint voir où il avait été inhumé, la croix en bois sur laquelle était inscrit « Ci-gît Walter Eldridge » disparut, et l'on finit par oublier où gisait ce pauvre diable.

Par une singulière facétie du destin, Walter Eldridge dit « Red » et « Mary la meurtrière » reposaient quelque part sous la terre obscure à une quarantaine de miles de distance seulement, mais quelques semaines après ces tragiques événements et aussi étrange que cela paraisse, plus personne ne savait où précisément, et à vrai dire, les gens de Sullivan, d'Unicoi, et des comtés voisins s'en moquaient, et plus qu'eux les gens d'Erwin qui lynchèrent encore un nègre et chassèrent les autres de leur belle ville avec interdiction formelle d'y remettre jamais les pieds.

Ce jour-là, le jour où ils exécutèrent ce malheureux nègre, il plut autant que le jour de la mort de Mary. Une pluie abondante tomba sur les collines, les vallées verdoyantes et les rivières, sur la terre molle où étaient ensevelis des êtres sans sépulture dont l'existence avait été si insignifiante et la mort plus insignifiante encore, mais sous terre, tous étaient égaux : les Eldridge comme les Rockefeller, les idiots comme les génies, les coquins, les filous et les matois comme les honnêtes gens, les vagabonds comme les rupins, les voleurs et les assassins comme les grands de ce monde, les éléphants et les nègres comme les rois de la Terre.

Addendum

Dans un article paru en mars 1971 dans le *Bulletin de la Tennessee Folklore Society*, Thomas Burton rapportait que les anciens d'Erwin se remémoraient qu'avaient été pendus deux nègres dont les corps avaient été enterrés juste à côté de celui de Mary. Mais ils ne se souvenaient plus quand cela était arrivé. D'autres avaient le souvenir que le corps de Mary avait été brûlé sur des traverses. Cette croyance venait de la confusion de la pendaison de Mary la meurtrière avec un autre « incident » qui s'était déroulé à Erwin. On y avait en effet brûlé, sur un bûcher fait de traverses, un nègre qui avait prétendument enlevé une petite fille blanche. Thomas Burton avait retrouvé la date ; c'était en 1916, au crépuscule d'un été de feu.

Note

Les faits dont nous nous sommes inspirés pour écrire *Mary* sont hélas tristement véridiques. La plupart de ses protagonistes également. Walter Eldridge dit Red, Charlie Sparks, Louis Reed, Slim, Harvey-n'a-qu-un-œil, J. M. Hammitt… ont réellement existé. La célérité avec laquelle les faits se sont déroulés entre le moment où Walter Eldridge a été recruté comme soigneur par le Sparks World Famous Shows Circus et l'exécution de Mary est également fidèle à ce qu'il advint. Les atroces incidents qui émaillèrent la tragique pendaison de Mary sont tout aussi authentiques.

Le seul point sur lequel les témoins divergent concerne des détails dans les circonstances de la mort de Walter Eldridge. Pour les besoins et la clarté de la fiction, nous avons opté pour une version. Héritage inestimable : plusieurs témoignages avaient été enregistrés à l'époque des faits. Les bandes sont actuellement conservées dans les fonds des Archives of Appalachia de l'East Tennessee State University.

L'histoire et la fin tragique de Mary n'ont eu de cesse d'interroger poètes, folkloristes, historiens et défenseurs de la cause animale, souvent originaires du Sud, et pour quelques-uns d'entre eux, d'Erwin même. V. Dawn Burrell a composé *Hangin'the elephant*, un émouvant poème accompagné d'une éloquente illustration de Mary. Joan Vannorsdall Schroeder (*The Day They Hanged an Elephant in East Tennessee* – Blue Ridge Country, 1997), Charles Edwin Price (*The Day They Hung the Elephant*, Johnson City, The Overmountain Press, 1992), Thomas Burton (*Bulletin of the Tennessee Folklore Society*), Angie Georgeff, qui fut longtemps bibliothécaire en chef de l'Unicoi County Public Library, parmi d'autres, se sont fait enquêteurs, en partant à la recherche des derniers témoins de cette exécution, les interrogeant ou interrogeant leurs enfants. Patrick Adkins a recherché, sans succès, l'endroit exact où reposait Mary (*Hanging Over Erwin : The Execution of Big Mary* – sur Youtube).

Les demandes d'exhumation du squelette de l'éléphante au Town Hall d'Erwin ont toutes été déboutées, comme si, avec elle, toute la honte et tout l'opprobre de la Terre allaient rejaillir sur cette cité. À défaut, à Hohenwald, à quatre-vingts miles au sud-est de Nashville a été créé en 1995 The Elephant Sanctuary, un sanctuaire de 2 700 hectares dédié à des éléphants de cirques et de zoos parvenus au terme de leur existence, afin qu'ils achèvent paisiblement leurs jours. Comme pour exorciser le passé.

DOMINIQUE LANNI

Une affiche du Sparks World Famous Shows Circus.

TIMELINE By Tom Chaffin

The execution of Mary

1916 The show seemed to be going as planned Sept. 11, 1916, as the Sparks Circus put its acts through their routines under a big top in Kingsport, Tenn. With most of the 5,000 seats filled, Mary the elephant ("The Largest Living Land Animal on Earth") was delighting the audience by carrying her trainer, young Walter Eldridge of St. Paul, Va., on her back.

To change Mary's course, Eldridge struck the elephant's head. Suddenly the pachyderm threw her trainer to the ground. Several people in the audience fired pistols at the giant animal, but to no effect. Mary gored Eldridge and threw his body into the panicked crowd.

In the wake of the incident, city fathers reasoned that justice delayed was justice denied and resolved that Mary must pay for her "crime" with her life. Guns and poison were ruled out. In a South eerily obsessed with lynchings, a public hanging seemed appropriate.

On Sept. 13, before a crowd of 5,000 — more than had witnessed the original crime — Mary was hanged from a Clinchfield and Ohio Railroad crane in nearby Erwin, Tenn.

Shortly before her death, a doctor sawing off the elephant's tusks noticed several abscessed teeth. Perhaps Mary's fatal rampage had dental roots. In striking the elephant's head, Eldridge likely hit a raw nerve. Mary, the doctor surmised, didn't like that.

James Noel Smith/Special

Coupure de presse rendant compte de l'exécution.

VICIOUS ELEPHANT HANGED FOR KILLING MAN

BECAUSE she flew into a rage, attacked, and killed her trainer while playing at Kingsport, Tenn., some weeks ago, a large female elephant attached to a traveling circus was condemned to death by the state authorities and executed. Without provocation the great beast seized the man with her trunk, hammered him against the ground, and then crushed his body by stamping upon it. According to some reports, this was her eighth victim. When the circus reached Erwin a few days later the animal was ordered to be killed. Suitable poisons for accomplishing this were not available and hanging seemed to be the most practical means of carrying out the sentence. The hanging was witnessed by a crowd of about 1,500 persons. A large derrick mounted on a railway car was called into service. Strange as it may seem, the elephant apparently sensed danger, for she fought to keep herself away from the "scaffold." To get her near the tracks, other elephants had to be used to push and drive her ahead. Finally chains were looped about the beast's neck and she was pulled forward and lifted free from the ground by the crane. At first she struggled furiously, but after a few minutes died of strangulation. She was considered exceptionally intelligent, was well trained, and highly valued.

Coupure de presse rendant compte de l'exécution.

Remerciements

Nous tenons à remercier vivement Valérie Dumeige, Karine Do Vale et Vivien Boyer, des Éditions Arthaud, pour nous avoir fait l'amitié de nous accompagner dans l'écriture de cette fiction hélas inspirée de faits authentiques, dans cette plongée dans les ténèbres de l'inhumanité et de la barbarie. Nous souhaitons aussi remercier chaleureusement Justine Lanni, notre première lectrice, ainsi que Pascale Roger et Zoé Dakszewicz pour leurs précieuses relectures. Nous souhaitons enfin adresser nos remerciements à Audrey Sednaoui pour la réalisation de la superbe couverture.

Crédits photographiques

Page 8 : *Photo Elephant Hanging;* Thomas G. Burton and Ambrose N. Manning Collection ; Archives of Appalachia, East Tennessee State University.

Page 151 : *The Circus Deluxe;* Thomas G. Burton and Ambrose N. Manning Collection ; Archives of Appalachia, East Tennessee State University.

Page 152 : *The Execution of Mary* ; Thomas G. Burton and Ambrose N. Manning Collection ; Archives of Appalachia, East Tennessee State University.

Page 153 : *Popular Mechanics* ; Thomas G. Burton and Ambrose N. Manning Collection ; Archives of Appalachia, East Tennessee State University.

Table

Cet ouvrage a été mis en page par IGS-CP
à L'Isle-d'Espagnac (16)

Cet ouvrage a été achevé d'imprimer en février 2022
dans les ateliers de Normandie Roto Impression s.a.s.
61250 Lonrai
N° d'impression : 2106937
N° d'édition : L.01EBNN000741.N001
Dépôt légal : février 2022

Imprimé en France